U0072136

阿嬤的酸梅湯

李文鵲

阿桃嬤
的酸梅湯

作者序言

在寫這個故事時，最讓我感動的一個片段，就是阿桃和她那個沒有血緣關係的洪阿嬤之間的親情。

洪阿嬤深知周家和洪家之間的恩怨，可能會禍及下一代。

也就是這樣，洪阿嬤懂得先種下愛的種子。

也因為這顆小小的愛的種子，讓她親生的孫兒們，能夠得以享福。

雖然故事當中，洪阿嬤的孫兒們，在某些長輩的唆使下，做出違背洪阿嬤美意的事情。

但也由於洪阿嬤先前那麼多愛的灌溉，使得阿桃不會以恨對待洪阿嬤的親生孫兒們。

「這是一位多有智慧的長者啊！」每當我讀到這裡，總會忍不住讚嘆洪阿嬤的先見之明。

最近，當我看到巴菲特和比爾蓋茲一起力勸世界上許多富豪，將財產捐出來，而不是留給子孫，總讓我想到故事裡頭的洪阿嬤。

我深深的感知到，給後代子孫留下財產，倒不如給他們留下一份值得訴說的愛。

這才是真真正正的福氣啊！

目次

01

自家人打自家人

這一天，整個菜市場的氣氛有點微妙。

因為菜市場的巷子口開了一家新的酸梅湯店……「洪阿嬤酸梅湯」。

而菜市場的巷子內原本就有一家非常有名的老店「阿桃嬤酸梅湯」。

比較「詭異」的是，「洪阿嬤酸梅湯」和「阿桃嬤酸梅湯」兩家店的老闆還是同一家人。

這是自家人的酸梅湯互相對打。

更妙的是，洪阿嬤和阿桃嬤指的還是同一個人。

這是一場「正宗」「阿嬤的酸梅湯」之爭。

兩家酸梅湯都標榜著自己的阿嬤酸梅湯，才是最正宗的「阿嬤牌」。

菜市場裡頭一向不缺三姑六婆。他們紛紛跑去跟「阿桃嬤酸梅湯」的老闆娘問說：「這是怎麼回事啊？」

「那些洪家的弟弟妹妹不都是靠妳的酸梅湯賺錢、供他們出國留學嗎？怎麼現在回過頭來跟妳對打呢？」

「妳怎麼嚥得下這口氣啊？」

聽到街坊鄰居這些話，阿桃也只是笑一笑，直說：「人真的要計較，是計較不完的啊！」

阿桃接著嘆了好大的一口氣說：「還好，阿嬤沒有看見這個場面，要不然，她不知道會有多難過呢？」

阿桃的阿嬤，很巧，也是叫做阿桃，全名是洪林阿桃，也就是「阿桃嬤酸梅湯」的由來。

而現在「阿桃酸梅湯」的阿桃老闆娘，名字叫做周阿桃。

為什麼老闆娘姓周，而老闆娘的阿嬤姓洪呢？

其實周阿桃是被洪家收養的女兒。

說起來，這可是一個恩怨糾葛的故事……

◆

周阿桃從出生開始，家裡就非常富裕。

應該說，自從周阿桃出生之後，白手起家的爸爸媽媽，螺絲工廠的生意扶搖直上，所以爸爸媽媽把阿桃當成是他們的福星。

等到阿桃上了小學之後，有個機緣，爸爸跟一位洪姓商人，因為生意上的往來變成了好友。

洪姓商人大家都叫他為阿魄，阿桃也稱呼他為阿魄叔。

阿魄叔跟爸爸下了一筆非常大的訂單。

「阿魄，你怎麼對我這麼好啊？」爸爸感激的說道。

「三八兄弟，我們是好朋友，自己人當然要照顧自己人啊！」阿魄這麼說。

爸爸興奮的計算著：「這麼一大筆生意，我可要去跟銀行貸款，將我們工廠的機器換新的，才能夠好好的接你這筆生意。」

阿桃的媽媽也跟爸爸說：「爸爸啊！你看，從我們阿桃出生之後，你的生意就愈做愈好，現在還接到這麼一大筆的訂單，這筆訂單，比我們五年來接到的訂單總合都來得多，我們真的是要大發特發了。」

爸爸則是感恩的說道：「是啊！交朋友真的是很重要，像阿魄他們公司這麼大，還願意跟我們這種小公司做生意、跟我交朋友，我真的是太榮幸了，還給我這麼大筆的生意啊！」

「阿桃，以後長大了要感激阿魄叔喔！他那麼照顧我們！」爸爸、媽媽跟阿桃耳提面命著。

「我知道，我做了一張卡片要送給阿魄叔！」阿桃說道。

那天阿魄叔來，阿桃把卡片送給他。

「阿桃，怎麼想到要送阿魄叔卡片呢？」阿魄叔問道。

「過幾天就是父親節了！阿魄叔對我們家這麼好，我想送阿魄叔一張父親節卡片，謝謝你。」

「哎喲，好貼心啊！」阿魄叔摸摸阿桃的頭。

「我跟我太太都忙著做生意，沒有養兒育女，看到你們家阿桃這麼貼心，我真的也想有自己的孩子了。」阿魄叔說著。

媽媽鼓勵著阿魄叔：「是啊，你們家的環境這麼好，要趕快有自己的小孩好好栽培才是啊！」

阿魄叔又摸摸阿桃的頭說：「每次看到阿桃就覺得好親切！因為我自己的媽媽也叫做阿桃喔！」

「真的嗎？」阿桃的眼睛睜得好大的反問著。

「下次帶阿桃去我們家，看看阿桃嬤怎麼樣？」阿魄叔這樣問著阿桃。

「好啊！好想看看阿桃嬤喔！」阿桃興奮的說道。

「我們家的阿桃嬤非常會做酸梅湯喔！」阿魄叔這樣說。

「真的嗎？我最喜歡喝酸梅湯了！」阿桃更是開心的說著。

「是啊！我們阿桃就是喜歡喝酸梅湯，那種酸酸的東西她最喜歡吃，蜜餞一包她可以半小時吞完！」阿桃的媽媽搖著頭說。

「呵呵……」阿桃自顧自的傻笑。

「那就這麼說定了，隔幾天阿魄叔就帶妳去我們家玩，讓阿桃和阿桃嬤彼此認識、認識。」阿魄這麼說道。

生意人的執行效率是沒話說的。

隔沒幾天，阿魄就帶著阿桃到家裡。

「這是哪家的小女孩啊？這麼可愛喔！」阿桃嬤說道。

「我是阿桃，就是阿桃嬤的那個阿桃。」阿桃笑著說。

「我聽說了，聽阿魄說過。」阿桃嬤邊說，邊往廚房裡走去。

阿桃嬤端出一大壺的酸梅湯出來。

「啊！這個酸梅湯的顏色好漂亮喔！」阿桃興奮的大叫。

「來，阿桃慢慢喝。」阿桃嬤幫阿桃倒了一大杯的酸梅湯，然後又回頭往廚房走去……

「阿嬤今天把看家本領一樣樣拿出來了！」阿魄叔笑著說。

「我要你跟你太太趕快生孩子，你們就是不肯，就忙著賺錢，家裡有孩子不是更圓滿嗎？」阿桃嬤忍不住數落著自己的兒子。

「我帶阿桃來我們家玩，唯一擔心的就是阿桃嬤要我生孩子。」阿魄叔苦笑的說道。

「謝謝阿嬤！」阿桃吃著阿桃嬤遞給她的酸梅南瓜丁，開心的感謝著阿桃嬤。

「聽到有人叫我阿嬤，我好想當真的阿嬤喔！」阿桃嬤說道。

「阿桃，以後常來阿嬤家玩喔！妳喜歡吃酸梅、蜜餞，阿嬤都做給妳吃，不會做，就買給妳吃，好不好？」阿桃嬤笑著問道。

「好啊！好啊！阿嬤真好，以後我要常常來你們家玩！」阿桃答應著。

「乾脆直接當我們洪家的女兒好了，這樣阿嬤就有現成的孫女了！也就不會逼阿魄叔生小孩了！」阿魄叔笑著說。

「那我得要去問我爸爸媽媽耶！」阿桃睜大眼睛、苦惱的說道。

看到阿桃可愛的模樣，阿魄叔和阿桃嬤不禁哈哈大笑起來。

02 商場險惡

「不是啦！不是這個味道啦！」阿桃從阿魄叔家回來後，就跟媽媽嚷嚷著阿桃嬷的酸梅湯和酸梅南瓜有多麼好吃。

媽媽為了堵住阿桃的嘴，就自己試著做起酸梅南瓜來，要阿桃嚐嚐看。

「媽媽做的都不好吃！」阿桃嘟著嘴巴說。

「小孩子嘴巴那麼刁！」媽媽唸了阿桃幾句。

「可是真的是不一樣啊！阿桃嬷的南瓜都是脆脆的，而且有種酸酸甜甜的味道，媽媽做的南瓜都綿綿的，真的沒有那麼好吃啊！」阿桃也埋怨著，更是懷念起阿桃嬷的酸梅南瓜。

「我看妳去洪家當女兒好了！在周家只會嫌我做的菜難吃！」媽媽沒好氣的說道。

「叫阿桃嬷來我們家當阿嬷就好，何必要我去他們家當女兒呢？」阿桃心裡打著算盤說。

「妳喔！妳想多一個阿嬷，我還不想多一個婆婆呢！」媽媽苦笑著說。

「不過，洪家的阿桃嬷人真的很好！」阿桃這麼說著。

「是啊！我們周家和洪家兩家人可以做成好朋友，真的是很有福氣啊！」媽媽欣慰的說著。

但是這樣的光景，沒有持續多久。

有一天，阿桃的爸爸和阿魄叔在周家的前院吵了起來。

「你這樣不是害死我嗎？」爸爸這樣子吼著。

「你可不能這樣說，做生意本來就有風險。」阿魄說道。

「可是，你說我們螺絲工廠不賣給你，就不下單給我們，這不是害死我嗎？」爸爸繼續吼著。

「我開的也是好價錢，你不賣給我，我只好去買別人的螺絲工廠，當然單子就不會下到你家工廠啊！」阿魄解釋道。

「我現在整個想起來，都覺得你早就有預謀……」爸爸氣憤填膺的說道。

「飯可以隨便吃，話可不能隨便說喔！阿桃的爸爸！」

「我沒有隨便說，你給我閉嘴。」

阿魄也安靜了下來。

「誰說沒有預謀的，你先下很大量的單給我，讓我去貸款，現在你要我把工廠賣給你，不賣就不下單給我，這不是逼我要把工廠賣給你嗎？這跟逼死我有什麼兩樣呢？」爸爸說道。

「你把工廠賣給我，你還是當廠長，我不會虧待你的，這樣有什麼不好呢？」阿魄叔不解的問道。

「這全都是你自己想的，你也沒問過我好不好，這個工廠是我和我太太的命啊！」爸爸大叫著。

「你如果這麼想不通，那我也沒辦法了，只好不下單給你，另外找工廠去了！」阿魄叔淡淡的說道。

「我真的不明白，你為什麼那麼想要我這家工廠，想到要破壞我們之間的友誼，像親兄弟一樣的友誼，我真的是不明白？」

「只是很單純公司發展的布局而已，也沒有像你說的這麼複雜啦！」阿魄叔苦笑著說。

「不過，阿魄，你今天這一步，真的是很沒良心啊！」

「每個人想法不同，我是不這麼認為就是了。」

「我是真的不可以把公司賣給你！」爸爸說道。

「那我就沒辦法下訂單給你！」阿魄叔也這麼說。

「滾！你給我滾出我家！」爸爸對阿魄叔吼著。

就看到阿魄叔悻悻然的走出周家的大門。

媽媽擔心的走到爸爸身邊說：「老公，怎麼辦？沒有阿魄他們公司的訂單，我們要怎麼活呢？」

「走一步，算一步了！」爸爸垂頭喪氣的說。

「可是為了阿魄他們家的訂單，我們還去貸款買機器，現在單子抽走了，貸款怎麼還啊？」媽媽緊張的問道。

「唉！」爸爸也只能低頭嘆氣。

爸爸媽媽在討論公司事情的時候，都不會讓阿桃看見。

但是阿桃都偷偷的看在眼裡。

阿桃只是心裡覺得可惜：「爸爸和阿魄叔鬧翻了，那以後我就不能去找阿桃嬤了嗎？」

有一天放學的時候，阿桃在回家的路上碰到了阿桃嬤。

「這不是阿桃嗎？」阿桃嬤歡喜的說道。

「阿桃嬤！」阿桃有禮貌又囁嚅的叫了阿桃嬤一聲。

「可愛的小朋友，怎麼只來我們家一次，就再也沒來過了啊？阿桃嬤好想妳這個小阿桃喔！」

「我也很想阿桃嬤啊！更想念阿桃嬤的酸梅湯和酸梅南瓜！」阿桃「誠實」的說道。

阿桃的誠實，讓阿桃嬤笑得開懷。

「想念就來阿桃嬤家啊！有什麼好客氣的呢？」阿桃嬤笑著問道。

「可是我爸爸跟阿魄叔鬧翻了啊！」阿桃解釋著。

「有這種事喔？」阿嬤不解的問道。

「是啊！做生意鬧翻了！而且我爸爸說阿魄叔把他害慘了啊！」阿桃低著頭難過的解釋。

「他們大人做生意的事情，我們不瞭解，可是阿嬤真的是很喜歡阿桃……」阿嬤說著。

阿嬤拉著阿桃的手，往自己家的方向走去。

「阿嬤，我真的不方便去妳家啦！」阿桃不好意思的說。

「沒關係，你不方便進去，在門口等著，阿嬤進去拿點東西給妳。」阿桃嬤堅持著。

到了阿桃嬤家的門口，阿桃嬤要阿桃在外面等著。就看到阿桃嬤大包小包、急呼呼的拿東西出來。

「阿桃，阿嬤都用塑膠袋裝好了，有妳愛吃的酸梅湯、還有酸梅南瓜，這是剛醃好的，回家放到冰箱，讓它入味，明天再拿出來吃就很好吃了，放冰箱可以放很久！」阿嬤笑著解釋道。

「謝謝阿嬤，我真的很喜歡妳，可是大人做生意的世界好奇怪，讓我不明白為什麼會搞到今天這個樣子！」阿桃悲傷的說著。

「阿嬤也搞不懂啊！阿嬤只知道我很喜歡阿桃，就是這樣子而已，我們不要搞得太複雜，好好的過我們兩個的日子，我們兩個好好的做朋友最要緊，其他的我們都不要管，好嗎？」阿嬤笑著說。

阿桃用力的點了點頭，心滿意足的提著大包小包回家。

03

爸爸媽媽撐不下去了

自從那天在放學的路上遇到阿桃嬷之後，阿桃家的狀況簡直是每況愈下。不斷的有人上門來討債，讓阿桃擔心不已。

「媽媽，我們家怎麼了？」阿桃緊張的問著媽媽。

「唉……」媽媽什麼都不回答，只是一個人嘆著好大的氣。

存證信函不斷的寄來家裡，從爸爸媽媽的口中得知，阿桃現在住的房子要被查封了。

「查封是什麼意思啊？」阿桃問著媽媽。

「就是這棟房子不再是我們的了。」媽媽難過的回答道。

「那我們就沒有房子住了嗎？」阿桃緊張的問道。

媽媽靜默不語。

就在這個時候，阿魄叔上門找爸爸。

照例，他們兩個又在院子裡頭談，不想讓其他人聽到。可是他們兩個常常吵得很兇，讓別人不聽都很難。

「你何必逞強呢？你只要把工廠賣給我，你所有的問題都解決了啊！」阿魄叔

說道。

「都已經到這個地步了！我更不可能賣給你，反正面子早就丟光了，又何必在最後把工廠賣給你呢？」爸爸淡淡的說道。

這次的談話，爸爸和阿魄叔都異常的平靜，也沒有起多大的爭執，阿魄叔就走出家門。

原本上門來討債的都是不認識的人。

這天，連親戚都上門來了。

小舅媽跟她的媽媽到阿桃家。

「對不起啦！可以再讓我們緩一緩嗎？」媽媽低聲下氣的跟小舅媽說道。

「你們這筆五十萬不還我們，已經讓我們很多事都拖著了！」小舅媽氣急敗壞的說著。

「我們真的是沒辦法，才會這樣拖著，要不然誰願意欠錢呢？」媽媽還是繼續低聲下氣的說。

「你們不要活命，我們還要活命啊！」小舅媽愈說愈氣。

「當初也是因為你們有困難，我和我媽才把錢拿出來，我們是普通老百姓，每一分錢都要省著花，你不能這樣雙手一攤說沒辦法，那我們怎麼辦呢？」小舅媽繼續說道。

「我連我媽都帶來了，就是要你們知道，你們真的是拖累我們了！算我拜託你！就算用借的也要把這筆錢還我們！」小舅媽拉著媽媽苦苦的哀求。

「我們真的是沒有辦法啊！」媽媽還是這樣說道。

「你們工廠還有許多機器，都可以拿去賣掉啊！」小舅媽這樣說。

「我們如果想要好好還錢，那些就是賺錢的本，不能動啊！」媽媽面有難色的說著。

「我真是後悔把錢借給妳，給自己找了這麼大的麻煩！」小舅媽說到這裡，就帶著自己媽媽氣急敗壞的走出門去。

媽媽在客廳裡，只是不斷的哭泣。

原本在樓上偷聽的阿桃，趕快去拿毛巾，讓媽媽擦眼淚。

「媽媽，不要哭！」阿桃安慰著媽媽。

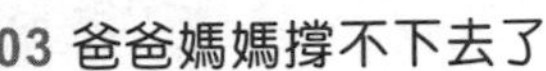

「沒錢就要被人家瞧不起啊！阿桃！」媽媽哭著說。

媽媽拿著毛巾邊擦眼淚邊說：「沒錢，連親戚都做不成了，這個世界真的是如人飲水，冷暖自知啊！」

「媽媽，不哭喔！」阿桃抱著媽媽，不斷的拍拍她、安慰她。

這個時候，門鈴突然響了。

上門來的竟然是阿桃嬤。

「阿桃嬤，好想妳喔！」阿桃一把抱住阿桃嬤。

「您好！」媽媽客客氣氣的招呼阿桃嬤進屋子裡來坐。

阿桃嬤照樣大包小包的端來好吃的給阿桃。

「真的不要這麼客氣。」媽媽跟阿桃嬤這麼說。

阿桃嬤又拿出一個紅包給媽媽。

「這是做什麼啊？」媽媽不解的問道。

「這是我存了很多年的私房錢，我知道你們家最近有困難，拿去用，不要客氣啦！」阿桃嬤解釋道。

「不行啦！我們不能拿阿桃嬤的錢，這樣不成體統。」媽媽堅決不肯收下這個紅包。

「阿桃的媽媽，我真的跟阿桃很有緣，就算我這個阿嬤給我喜歡的孫女紅包，妳就代為收下吧！」阿桃嬤把錢繼續往媽媽的手上推過去。

「那怎麼成呢？」媽媽還是堅決不肯收。

「阿桃的媽媽，妳聽我一句話，以前我先生在的時候，我們也遇過困難，也是很多人幫忙我們，才走得過那些關口。妳現在只要對你們有幫助的幫忙，妳就儘管收下，不要覺得是欠我們人情，就當這些都是老天爺送來的幫忙，都這個時候了！還客氣什麼呢？」阿桃嬤說了一大堆。

在一旁吃起來的阿桃，聽得似懂非懂，她只看到媽媽邊聽邊流下眼淚，非常感動的模樣。

「我也知道我們家阿魄，這次做生意是絕了點，但是這方面我真的也幫不上忙，都是他跟我媳婦在搞，我連話都說不上。不好意思，我也只能送點私房錢過來，幫不上大忙。」阿桃嬤一臉不好意思的說道。

「阿桃嬤，不要這麼說，這個時候還有人願意伸手拉我們一把，我已經很感動、很感動了！」媽媽哭著訴說。

「有什麼問題，不要悶在心裡，一定要說出來喔！」阿桃嬤對媽媽耳提面命著說道。

媽媽點了點頭。

「阿桃，如果媽媽不好意思找阿桃嬤，有什麼事情要幫忙的，妳一定要來找阿桃嬤，我們感情這麼好，妳可別跟阿桃嬤客氣喔！」阿桃嬤交代著阿桃。

「我不會客氣的啦！」阿桃說到這裡，大口的喝了一口酸梅湯，還發出「啊」的聲音來表示她不會客氣。

「妳要跟孩子學學，這個時候更要放寬心啊！」阿桃嬤跟媽媽叮嚀著。

「妳來這裡做什麼呢？」這個時候，爸爸從外頭回來，看到阿桃嬤，就對她大呼小叫的。

「老公，別這麼說，阿桃嬤是想來幫忙的啊！」媽媽勸著爸爸。

「玩兩手策略嗎？她兒子來逼我，然後她來扮白臉！」爸爸愈說愈氣，臉都漲紅了起來。

媽媽示意阿桃趕緊帶著阿桃嬤走出去。即使走出家門，背後還是傳來爸爸凶狠的辱罵聲。這讓阿桃和阿桃嬤好不尷尬。

04

河邊散步

阿桃和阿桃嬤從阿桃家「逃」出來後，兩個人就到附近的河邊走走。

「阿嬤，對不起，我爸爸最近因為工廠的事情，整個人情緒十分不穩定。」阿桃不好意思的對阿桃嬤賠不是。

「我知道的，沒關係啦！妳爸爸每天光是忙著調頭寸，可能都快煩死了！阿嬤知道的啦！」

「阿嬤，我從來沒有看過我爸爸媽媽這麼緊張過，我很擔心他們耶！」阿桃憂心忡忡的說道。

「阿桃，阿嬤教妳一個撇步，好嗎？」阿桃嬤突然眼睛一亮的說著。

「什麼撇步啊？」阿桃也淡淡的笑著問說。

「阿嬤從小常來這個河邊洗衣服，有幾個很好玩的東西可以傳給妳喔！我有什麼煩心的事，都會來河邊放鬆我的心情！」

「呵呵……」看到阿桃嬤充滿童稚的眼神，阿桃的心情也跟著跳躍了起來，她已經好久沒有這麼放鬆了。

「來，阿嬤把撇步都傳給妳喔！妳看……」

阿嬤說著，就要阿桃把眼睛定睛在河水的流上。

「妳先什麼都不要想，只要專心的把眼睛看著水流的方向，專心的看喔……」阿嬤說道。

「然後感覺自己所有的難過、不如意都被水流沖走，來……妳自己做做看！」阿嬤帶頭做，要阿桃也試試看。

「另外還有一招……」阿嬤這回指著河邊的樹上。

「妳可以尋找一個聲音，像是這附近有很多鳥巢，妳可以抓著鳥叫聲，或者夏天可以找蟬鳴聲……」阿嬤閉上眼睛說。

「然後感覺自己跟著那個聲音一起振動……好像跟著飛起來一樣……」阿桃跟著做。

「有沒有覺得好像那個振動，也會把我們的煩惱給振掉？」阿嬤問說。

阿桃是覺得輕鬆了不少。

「可能是因為注意力集中在別的事情上頭，就不會注意自己正在煩惱的事情吧！」阿桃想著。

「也是啦！」阿嬤笑著說。

阿嬤補充道：「我心情不好的時候，就一定會來這個河邊走走，或是到大自然走走，整個人就會好過很多。」

「我也希望爸爸、媽媽能夠這樣，不要整天窩在家裡或是工廠，除了煩還是煩而已！」阿桃搖著頭說。

「阿嬤，妳知道阿魄叔為什麼一定要我爸爸的工廠嗎？」阿桃忍不住問了阿嬤這個問題。

「坦白說，阿嬤真的不知道，他們做生意的在想什麼，我是真的不曉得啊！不過……」阿嬤頓了頓說。

阿桃也豎起耳朵聽。

「阿魄有時候做生意真的是太狠了！」阿嬤忍不住搖頭嘆息。

「我真的也不明白，做生意為什麼要把情份都毀掉，我真的不明白啊？」阿桃有點難過的說道。

「有時候環境一不好，生意人就是會東抓西抓，讓自己感覺比較有安全感，但

是在那個時候，很多事情都想不到，像是中邪了一樣！」阿嬤這麼說道。

「阿嬤，妳也會這樣嗎？」阿桃問著。

「以前跟我先生做生意時，每天都鑽在錢裡，賺了一百萬，就想賺兩百萬，沒完沒了的，煩死人了！」阿嬤搖搖頭。

「可是我真的很難想像，對我那麼好的阿魄叔，竟然會這麼逼迫我們家，我真的很不能接受啊！」

「可能連阿魄現在都不知道自己在做什麼！」阿嬤說道。

「我做過一張父親節卡片給阿魄叔，但是阿魄叔現在的樣子，跟以前慈祥的模樣，真的差好多啊！」

「阿桃，這個妳帶在身上好不好？」阿嬤從脖子上摘下一個翠玉鍊子。

「不行啦！阿嬤，妳不要再給我什麼東西了。」阿桃搖搖手。

「這個沒什麼啦！只是一個保平安的玉墜子。」阿嬤解釋著。

「阿嬤自從戴了這條鍊子後，感覺很多事都順利了許多，妳戴在身上，阿嬤希望妳能得到平安。」阿嬤這樣說。

「可能我爸爸媽媽比較需要啦！」阿桃苦笑著。

「妳還是可以成為妳爸爸媽媽的祝福啊！」阿嬤跟阿桃勸說著。

「我覺得我沒有那個能力！」阿桃低著頭說。

「爸爸媽媽的問題太大了，是一百個阿桃都解決不了的！我也沒有辦法弄來那麼多的錢啊！」阿桃嘆口氣說。

「爸爸媽媽現在滿腦子只想到從哪裡可以找到錢！」阿桃繼續說道。

「這就是做人很可悲的事情啊！」阿嬤搖頭嘆息。

「阿嬤，為什麼這麼說？」

「阿嬤也一把年紀了，看多了！有時候常常覺得人很可憐，包括我看我的兒子阿魄……」阿嬤解釋道。

「阿魄叔有什麼好可憐的，他錢那麼多，不像我們家房子都要被查封了！」阿桃沒好氣的說著。

「人如果可以從錢堆跳出來探頭看看，會發現我們其實有的已經很多了啊！」阿嬤淡淡的說道。

「妳爸爸媽媽如果停下來想想，家裡的人都健健康康的、還有個這麼可愛的女兒；我兒子如果可以想到，有這麼好的朋友，四周的人都過得不錯，這些都是值得感恩的福份啊！」

阿嬤微笑的繼續說：「不過，好像都要變成老太婆或是快要走了，才會發現這個道理啊！」

「阿嬤，妳有沒錢過嗎？」阿桃問道。

「有啊！曾經窮到沒錢吃飯呢！」阿嬤笑著說。

「那樣，妳還笑得出來喔？」阿桃不可置信的說道。

「當時是很苦，可是現在回想起來，覺得那也是一種很特殊的人生經驗！」阿嬤跟阿桃這樣說。

「唉！真希望爸爸媽媽也能這樣想就好了。」阿桃無奈的說道。

這時候阿嬤把玉墜子掛在阿桃的脖子上，然後把那條項鍊收進她的襯衫裡。

「放在衣服裡面，保平安就好。」阿嬤憐惜的看著阿桃。

「在襯衫裡面，爸爸媽媽看不見，就不會問我了。問我，也不好跟他們解釋。」阿桃點點頭說著。

「就當成我們之間的祕密，阿嬤會每天替阿桃祝福的！」

「阿嬤，也幫我爸爸媽媽祝福，好嗎？」

「當然好囉！怎麼會不好呢？」

「阿嬤，有妳在，我覺得比較不孤單、也不害怕了！要不然我真的好怕喔！都不知道明天還會發生什麼事，每天都跟著爸爸媽媽在提心吊膽！」阿桃說到這裡，眼眶都紅紅的。

阿嬤一把將阿桃抱在懷裡，不斷的安慰她：「好孩子！別怕，別怕……」

阿嬤的眼裡滿是疼愛。

阿桃則是心想著，她並不想當洪家的女兒。不過，很想當洪阿嬤的孫女倒是真的！

05

故居

這一天終於要來了。

隔天，阿桃他們現在住的地方就要被查封了。

「那我們要整理房子、然後搬家嗎？」阿桃問著爸爸媽媽。

「先不要好了！反正只是貼上封條，我們還是可以從後門進出，慢點整理沒關係！」爸爸這麼說。

不知道為什麼，真到了這一刻，阿桃反而覺得爸爸媽媽有一種前所未有的輕鬆出現。

他們兩個還跟阿桃說了，這天要帶阿桃去吃新鮮的海鮮，是阿桃以前去過最喜歡的那家海鮮店。

「是啊！那家海鮮店的老闆自己有船，而且店又靠近海邊，我好懷念那家店喔！」阿桃興奮的說道。

「那今天晚上就去那裡好好吃上一頓吧！」爸爸媽媽開心的跟阿桃說著。

從家裡要出發去吃海鮮的時候，爸爸媽媽在家門口駐足了很久。

「媽媽，我記得這棟房子是我們工廠賺錢了以後買的，當時大家都很羨慕我們要住洋房了！」爸爸幽幽的說道。

「是啊！而且那時候我肚子裡懷著阿桃，也是想說讓她一出生就有棟好房子可以住啊！」媽媽滿臉感傷的說著。

「是啊！結果明天這裡就要被貼上封條了！」爸爸這時候好像快要哭出來的模樣，他趕緊躲到車上去。

媽媽和阿桃在房門外又看了許久。

「阿桃，我們就快要什麼都沒有了，妳會不會瞧不起爸爸媽媽呢？」媽媽淡淡的問著阿桃。

「不會啊！只要跟爸爸媽媽在一起，我就覺得很幸福了！沒錢也沒有關係！」阿桃這樣說。

「可是沒錢就不能吃好吃的、也不能買妳最喜歡的玩具和娃娃，這樣妳還會覺得爸爸媽媽對妳很好嗎？」媽媽有點懷疑的問道。

「真的沒關係，爸爸媽媽和我一家人在一起最重要，其他比起來都是小事！」阿桃跟媽媽加強語氣的說道。

「所以，爸爸媽媽不管要去哪裡，都會帶著妳！」媽媽跟阿桃點點頭。

媽媽和阿桃轉身要到爸爸的車上。

當大門的鐵門被關上時，發出一聲巨響，阿桃回過頭來看時，不知道為什麼，覺得那關上的大門，好像也關上了她心裡的某個部分。

只是她不是很清楚那部分是什麼？

阿桃覺得有一種很想哭的悲哀。

但是又不太哭得出來。

「有什麼好哭的，都要去好好吃一頓海鮮了，哭什麼哭啊？」阿桃自己跟自己這麼說道。

於是阿桃快步的跑上爸爸的車。

這一天，阿桃跟爸爸媽媽，在車上也像平常那樣唱唱跳跳的，好不快活。

甚至，爸爸媽媽似乎比平常還要高亢的唱歌。

到了海鮮店，爸爸把所有阿桃最愛吃的海鮮都點了上來。

「爸爸，這很貴耶！我們現在錢不是很多啊！」連阿桃看到爸爸點菜的模樣，

都忍不住提醒了他。

「阿桃，今天就讓我們全家好好的享受一下，不要擔心那麼多，錢的事明天再來煩惱就好！」爸爸這麼說道。

阿桃心裡懷著很大的疑問，她在心裡發出聲音反問：「真的嗎？」

但是阿桃並不敢跟爸爸這麼說。

結果，這時候有個餐廳的客人，莽莽撞撞的從阿桃的身後撞了上來，讓阿桃從椅子上摔下來。

而且阿桃是胸口先撞到地上。

突然有一陣破碎聲在阿桃的胸口。

「啊！是阿嬤的玉墜子！」阿桃心裡一驚。

果然，那個玉墜子被震碎了。

阿桃從衣服的下面，將玉墜子的碎片取了出來。

「這是什麼啊？」爸爸媽媽齊聲問阿桃。

「是阿桃嬤給我的玉墜子，說是保平安用的。」阿桃看著玉墜子有點不捨的說道。

「碎了就碎了，沒關係的。」爸爸媽媽一起安慰阿桃。

「只是好可惜喔！是阿嬤的一片心意。」阿桃這麼說道。

「繼續吃，阿桃，別為這種小事難過喔！」爸爸跟阿桃這樣子說。

媽媽也跟阿桃點點頭，要她別太在意。

不過玉墜子碎了，阿桃還是讓項鍊掛在自己的脖子上。

酒足飯飽之後，阿桃一家人在海邊散步。

「阿桃，爸爸問妳，妳會不會後悔當我們的女兒？」

「為什麼這麼問？爸爸，當然不會啊！」阿桃正色的說道。

「爸爸媽媽已經破產了！沒有辦法讓妳再過以前那樣的好日子了！」爸爸低聲的說道。

「爸爸媽媽，我們一家人在一起最要緊，錢沒有了，我長大再賺就好了啊！」

阿桃跟爸爸媽媽保證，長大一定賺大錢孝順他們兩個。

「爸爸媽媽相信我們的寶貝！阿桃最能幹了！」媽媽露出欣慰的眼神拍拍阿桃

的頭。

然後爸爸媽媽帶著阿桃坐上車準備回家。

爸爸一上車就飛快加速。

「爸爸，這個方向不是往回家的路啊？」阿桃緊張的問著爸爸。

爸爸仍然死命的踩著油門，而且車子開往的方向是漁港的堤防邊。

「爸爸，你在做什麼啊？」阿桃嚇得要命的問著爸爸。

「孩子，我們想帶妳一起走，去一個沒有債務、可以過好日子的地方。」坐在旁邊的媽媽幽幽的說道。

「爸爸媽媽，你們要自殺嗎？」阿桃不敢置信的問道。

阿桃覺得爸爸媽媽正打算急速開車衝過堤防，讓車子飛到海裡面。

媽媽低著頭哭了起來。

「孩子，我們不忍心留妳在世界上受苦！所以要帶妳一起走！」在駕駛座的爸爸高聲的說道。

「爸爸媽媽，你們說相信我長大會賺大錢孝順你們的啊！為什麼要這樣做呢？」阿桃拚命的問道。

「太久了、太久了，孩子，那樣我們都會受罪很久！我們想一了百了！」爸爸繼續吼著說。

就在這句話說完後，車子已經越過堤防，衝進大海裡了。

06

阿桃嬤

就在車子飛奔進去海裡的時候，阿桃一陣慌亂，她在海裡頭掙扎了許久……

慌亂之中，她抓著脖子上的鍊子，她有一種很強烈的念頭，就是：「不，我不願意就這樣死了，我還要活下去，這個世界還有阿桃嬤這樣的人愛我，我一定、一定要活下去！」

不會游泳的她拼了命的掙扎出車子外，但是過不久後，她就沒了意識……

等到阿桃醒來的時候，她一張開眼睛，就看到阿桃嬤焦急的眼神。

「醒了、醒了，阿桃醒了。」阿桃嬤高興的歡呼著。

阿桃用她的眼睛，搜索著她現在待的房間。

看起來是醫院……

她用著僅存的力氣，開口問著：「爸爸、媽媽呢？」

阿桃嬤一臉哀戚的說著：「都走了，孩子！」

阿桃聽到這裡，並沒有太意外。

她在問的時候，早就有心理準備了。

「孩子，妳還有其他的親人嗎？」阿桃嬤問著阿桃。

阿桃搖搖頭，爸爸媽媽這一陣子，為了借錢週轉公司的事，大概跟其他親戚都鬧得不愉快了。

「難怪爸爸媽媽會想帶我一起走！」阿桃在心裡這樣想著，此時此刻的她，終於明白爸爸媽媽一定要帶著她一起死的苦衷。

「那我這樣拼了命的活下來，到底是對是錯呢？」阿桃這時候在心裡想著。

「阿桃啊！」阿嬤牽著阿桃的手。

「嗯……」原本在想自己事情的阿桃，把眼睛定睛在阿嬤身上，看她要說些什麼。

「我來的時候，跟阿魄和媳婦商量過了，如果妳不介意的話，我們想要請妳來我們家住，可以嗎？」阿嬤這麼跟阿桃說。

「這是算收養嗎？因為我沒有爸爸媽媽了！」阿桃說到這裡，不知道為什麼突然有種辛酸湧上，她這才發現，自己已經沒家了！

「表面上說是收養，但是還是會讓妳姓周，不會要妳改姓洪。」阿嬤這麼跟阿桃解釋。

「妳還是可以替周家傳香火，我們洪家不會勉強妳的！」

「阿魄叔願意嗎？」

「妳爸爸媽媽走上絕路，他有點不好意思，他本來就很喜歡妳，馬上表示贊成。」

阿嬷繼續說道：「倒是妳，會怨阿魄叔嗎？因為這樣而不願意來我們家嗎？孩子！」

「我不知道！」阿桃現在真的沒有想法，一下子發生了太多事情，她也不知道該怎麼辦才是。

「醫生是說妳並沒有什麼大礙，等等就要我們辦理出院手續，阿嬷就帶妳回我們家了喔！」

阿桃點了點頭。

◆

等到阿桃到了阿嬷家，才一進門，她就覺得有種不寒而慄的感覺。

因為迎接她的洪家，阿魄叔一臉尷尬不已，嬸嬸則是滿臉冰霜，比晚娘面孔還

有冷的冰箱臉都出現了。

「阿魄叔、嬸嬸好！」阿桃還是很有禮貌的跟他們兩位打招呼。

「阿桃啊……」阿魄叔才剛開口，就不知道該怎麼說下去才好。

「好了、好了，先不要說吧！讓孩子進屋子休息才是。」阿嬷熱心的招呼著阿桃到自己的房間。

走上樓梯時，客廳就傳來阿魄叔和嬸嬸的吵鬧聲。

「你如果要孩子，我們可以自己生，為什麼要把阿桃接回來呢？」嬸嬸大聲的問著阿魄叔。

「我不是已經說過了，她的爸爸媽媽去跳海自殺了，她一個小女孩，妳要她怎麼活下去呢？」阿魄叔也吼了回去。

「她是孤兒，可以去孤兒院，洪家又不是孤兒院，為什麼要收留她呢？」嬸嬸反問道。

「她今天走到這個地步，我們兩個都有份，就算是替她死去的爸爸、媽媽照顧她，也不過分啊！」阿魄叔解釋道。

「要照顧她多的是辦法，你可以讓她去孤兒院，給她一筆錢，都比直接把她接回來住都來得好。」

嬸嬸說到這裡，繼續對阿魄叔咆嘯著：「而且來我們洪家也不跟著姓洪，還讓她姓周，這到底又是怎麼一回事啊？」

「唉！也是替他們周家留下一根苗吧！」阿魄叔嘆了一口氣。

「你這個人真的是很奇怪，之前不放過他們，就不怕他們去死！等到他們兩夫妻死了後，又在那裡照顧他們的孩子，我真的一點、一點都看不懂你的所作所為！」嬸嬸搖頭說著。

「我也不知道自己之前是怎麼鬼迷心竅了？要等到慘劇發生了，才覺得自己做過頭了啊！」阿魄叔難過的癱坐在沙發上。

這些話，都一五一十的傳到樓梯上的阿桃和阿嬤的耳裡。

阿嬤聽了，除了嘆息還是嘆息。

阿桃倒是異常的冷靜，一句話都沒有吭聲。

阿嬤本來想趕快把阿桃拉到房間，但是阿桃動也不動，阿嬤也只好跟著她定在樓梯口。

等到客廳裡的兩夫妻說完後，阿嬤才帶著阿桃進到自己的房間。

「還喜歡嗎這個房間嗎？」阿嬤問著。

阿桃只是點了點頭。

「阿嬤匆匆忙忙幫妳布置的，妳如果不喜歡，我們可以整個重新換過！」阿嬤跟阿桃這樣說。

「沒關係，這樣就很好了！」阿桃淡淡的說道。

「孩子啊！」阿嬤一把抱住阿桃哭了起來。

「我情願妳狠狠的罵阿魄叔和嬸嬸一頓……」阿嬤哭訴著。

「也不願意看妳這樣沒有感覺的模樣，這反而讓阿嬤心痛，妳知道嗎？」阿嬤抱著阿桃痛哭。

阿桃也有一點想哭，但是不知道為什麼，她就是哭不出來。

阿嬤繼續抱著阿桃痛哭。

阿桃只是抬起頭來，看看四周，一時之間有點不知所措。

「難道……」阿桃在心裡問著自己。

「從今以後，這就變成我的家了嗎？」

阿桃覺得這一天她的變化可真大。

本來她有一個完整的家，有爸爸、媽媽。

一夕之間，她的家全毀了，她反而要到害死父母的人家中，把這裡當成自己的家。

阿桃一時之間，有點不知該如何是好。

07

生日

阿桃來到洪家的第一個禮拜三，是阿桃八歲的生日。

「這件事應該只有我知道吧！」阿桃在心裡這樣想著。

她什麼都沒說，照常上學去。

小學二年級的阿桃，學校老師、同學都知道她家發生了不幸。

「這個孩子堅強得讓人心疼啊！」級任老師郭老師屢屢這樣跟別的老師說。

「而且在學校一滴眼淚都沒有掉！」很多同學私底下討論到阿桃，對於她這點紛紛感到敬佩。

「但是，這是好事嗎？」郭老師問起別的老師。

「會不會好好的哭一場，反而對這個孩子是好事。」隔壁班的級任老師這樣對郭老師說。

「我也是這樣想啊！」郭老師這麼說。

郭老師知道阿桃今天生日，還特別準備了一個蛋糕到學校來。

「郭老師偏心、偏心！」

「那我生日的時候就沒有蛋糕，為什麼？」

「郭老師對阿桃特別的好！」

班上同學們七嘴八舌的說道。

「這些死孩子，難道不知道阿桃的爸爸媽媽都走了，老師怕沒人幫她過生日，這些孩子跟阿桃搶什麼啊？」郭老師嘴巴上不好說出這些心裡話，可是在內心深處不停的犯嘀咕。

「教他們也快兩年了，跟我一點默契也沒有。」郭老師沒好氣的低聲抱怨了幾句。

阿桃全部看在眼裡。

「郭老師是可憐我沒有爸爸媽媽吧！」阿桃心裡這樣想著，但是這個原因也讓她高興不起來。

阿桃有點強顏歡笑的跟同學唱著生日快樂歌，她只是配合著、不想讓郭老師和同學們掃興。

結果那天音樂課，音樂老師照著音樂課本，教了一首《媽媽的眼睛》。

當音樂響起，同學們一起唱著：「美麗的、美麗的天空裡……」

「出來了光亮的小星星……」

「好像是我媽媽……慈愛的眼睛。」

其實音樂一開始，阿桃就開始有點鼻酸。

而且她的回憶突然想到，小學一年級那次生日的時候，媽媽就突然給她一個驚喜，突然帶了一個大蛋糕到學校幫她慶生。

貼心的媽媽還幫班上每個同學準備了一隻小玩偶，所以全班同學都幫阿桃唱生日快樂歌唱得非常用力。

「有媽媽還是不一樣啊！」阿桃突然這樣想到。

「媽媽會想盡辦法替我著想，安排得非常妥當，這不是別人能夠代替的。」阿桃在心裡這樣想著。

愈想，她就愈覺得難過。

《媽媽的眼睛》還沒有唱完，阿桃就趴在課桌上哭了起來。

而且愈哭愈大聲，一發不可收拾。

音樂老師趕緊找來級任老師，要她想想辦法。

「讓她哭吧！盡量哭吧！」郭老師只是淡淡的說了這麼一句話。

郭老師只是陪著阿桃往操場的方向走去。

她和阿桃在一個涼亭裡頭坐下，阿桃從頭到尾不停的哭泣。哭著、哭著，等到阿桃哭得差不多的時候。

阿桃突然問起郭老師：「老師，我這樣做到底是對還是錯？」

「怎麼了？」郭老師細聲問道。

「那天爸爸開車衝進海裡的時候，我拼了命的逃了出來，浮上海面，這才活命了！這樣做真的是對的嗎？」阿桃窸窣著問起郭老師。

「會不會我照爸爸媽媽的意思，跟他們一起走，或許我真的會快樂一點！」

「為什麼我要逞強活下來呢？」

阿桃一個又一個的為什麼，讓郭老師都有點招架不住。

「阿桃，這真的是一個生命的大問題，讓老師回家想一下再回答妳好嗎？因為這個問題真的很難！」郭老師誠實的說道。

「郭老師，我有點後悔了，我後悔一個人孤零零的活在這個世界。」阿桃滿眼悲悽的望著郭老師。

阿桃的眼神讓郭老師好心痛。

但是，阿桃的問題也讓郭老師回答不出來。

坦白說，郭老師如果誠實一點，她會覺得阿桃說得都對。

「但是生命真的是這個樣子嗎？這沒有道理吧！」郭老師心裡也有許多疑問，而且這些都是有關生命、生死的大問題。

「孩子，郭老師現在或許不能回答妳的問題，但是我相信，在往後的日子來看，妳現在經歷的這一切，都會是有意義，不會是沒意義的，知道嗎？」郭老師急切的想讓阿桃明白這一點。

「我不知道！」

「我愈想就愈恨！」

阿桃等到哭過之後，突然從一種很深的悲哀裡頭，浮現出濃郁的憤怒。

「我恨阿魄叔和嬸嬸，都是他們害我爸爸媽媽自殺，然後等人死了，才來收養我，根本無濟於事！」阿桃憤怒的說道。

「他們也只是想做點補償啊！」郭老師嘆口氣、緩慢的說道。

「這樣能補償什麼呢？我的爸爸媽媽都沒了，這樣能補償什麼呢？」阿桃氣憤填膺的指責著。

郭老師被阿桃憤怒的疑問，問得嘆氣連連。

阿桃的問題都是「大哉問」。

一個個超過小學課本要教的「大哉問」。

「阿桃，當初妳想要活下來是為了什麼？」郭老師突然靈光一現的問起阿桃。

「那個時候，我在水裡掙扎，突然手裡抓到阿桃嬤送我的項鍊，我突然覺得我不能死，這個世界上還有阿桃嬤這樣的人，她那麼愛我。」阿桃邊想邊說。

「是啊！那現在也要為阿桃嬤好好的活著才是啊！」郭老師勸勉著阿桃。

「但是，我發現我可能錯了！」阿桃冷笑著說。

「怎麼說？」

「這個世界上最愛我的人，都已經跟著那輛車，葬身大海中了！這個世界上再也找不到比他們更愛我的人了！」阿桃說到這裡又紅了眼眶。

「如果真的是這樣，反過來，去當一個可以愛人的人，知道自己可以愛人到什麼程度，不是也很值得試試看嗎？」郭老師反問了阿桃。

郭老師這一問，換阿桃被問得啞口無言了。

08

苦毒的心

阿桃生日當天回到了家。

洪家並沒有幫她準備蛋糕。

「不是親生的就是不一樣啊！」阿桃在心裡這樣想著。

晚餐時，阿魄叔和嬸嬸那天都回到家來吃飯，平常他們很忙的時候，都在外面應酬，很少回家來吃飯。

阿桃想了很久，還是鼓起勇氣在飯桌上說了：「我等等想回周家的老家一下子，可以嗎？」

「為什麼要回去？」嬸嬸馬上沒好氣的回問。

「阿桃，來，跟阿嬤說，一定有什麼原因，妳才要回老家一趟，是怎麼了嗎？」阿嬤問起話來就是慈祥。

「今天是我生日，每年生日的時候，我都會在老家的樹下拍一張照片，從小到大都這樣。」阿桃解釋著。

「今天是阿桃生日喔！」阿嬤驚呼著。

「我們怎麼那麼粗心，竟然沒有注意到。」阿嬤不斷的抱歉。

「沒關係啦！阿嬤，郭老師有在學校幫我過生日了！」阿桃說道。

「那不一樣啊！我們家裡還是要過一次啊！」阿嬤堅持著。

「是啊！阿桃，這是妳來的第一個生日，我們好好的幫妳過一下啦！」阿魄叔也說話了。

「對不起，我忙了一天，真的很累，我先回房睡覺去。」嬸嬸自顧自的上樓去了。

傭人忙著整理嬸嬸的碗筷和吃剩的飯菜。

阿嬤則是自己一個人跑進廚房忙了起來。

「阿嬤，不要忙了啦！我真的已經吃飽了啦！」阿桃跟廚房裡的阿嬤說著。

「不行，阿嬤的壓箱寶還沒讓阿桃看到呢！」阿嬤堅持著要自己做個蛋糕替阿桃慶生。

「阿嬤，太麻煩了！只是個小生日而已。」阿桃一直勸著阿嬤不要忙了，但是阿嬤不理她。

飯廳裡只剩下阿魄叔和阿桃。

他們兩個人在飯廳裡都顯得極端的不自在。

阿魄叔忍不住開口了：「阿桃，我上去叫嬸嬸下來吃蛋糕幫妳慶生，妳稍微等等喔！」

阿魄叔上樓後，阿桃也覺得輕省了許多。

阿桃也可以感覺到，阿魄叔要跟她單獨共處一室，他也是百般的不自在。

等到阿魄叔上樓後，樓上馬上傳來他們兩夫妻的吵架聲。

「我為什麼要下樓去幫阿桃慶生啊？」嬸嬸大聲的問道。

「她等於是我們家的一份子，我們家的女兒，幫她過生日，有過分嗎？」阿魄叔也不客氣的回道。

「我真的不明白，你要做好人，就讓我這個女主人變成人家的後母，我為什麼要這麼配合呢？」嬸嬸比阿魄叔的聲音高分貝多了，她似乎也不怕樓下的人、也就是阿桃聽到。

「人家孤苦伶仃的一個小女孩，妳就不能發發慈悲心嗎？」阿魄叔不解的反問著嬸嬸。

「發慈悲心，真是好笑了，你阿魄如果當初有一丁點的慈悲心，她會變成孤兒嗎？」人在吵架的時候，總是會拿話去刺另外一個人最傷的地方。

「說不出話來了吧！」嬸嬸更大聲的問著阿魄叔。

「真是最毒婦人心！」阿魄叔吼了這麼一句話。

「虧你阿魄還是大家公認的聰明、精明，你沒看到那個孩子，偶爾看我們的眼神，滿滿都是怨恨，你真的是引狼入室，找了一個仇人上門來！」嬸嬸這句話應該是故意要說給阿桃聽的，因為她說這句話的時候，分貝比起前面都高。

「我們是都對不起她，不能發發好心，補償她嗎？我真的知道我錯了啊！」阿魄叔說這些話的時候，聲音都在發抖。

「你知道你錯了，我可不知道我錯了，我只知道從還沒有嫁給你開始，我就在為你的事業打拚，阿桃他們家的併購，在商場上就是常見的事，是她爸爸媽媽想不開，硬要去死，我們有拿著刀子架在他們脖子上嗎？是他們自己開車去跳海的，我們錯了什麼呢？」嬸嬸連珠砲的說著。

「當初，我就是太相信妳說的這些，才讓我的良心給貪心吞了！做出這種傷天害理的事情啊！」阿魄叔說這話時，聲音都有點哽咽了起來。

「是，你有良心，我沒有，我走總可以了吧！」嬸嬸頓時捧起門來，往大門走了出去。

阿桃在飯廳看了嬸嬸一眼。

嬸嬸馬上凶狠的說道：「看什麼看？」

嬸嬸逕自走出門去，後面跟著的阿魄叔，跟阿桃低聲的說道：「對不起喔！阿桃，我去把嬸嬸追回來喔！不要太在意嬸嬸說的話，她個性就是這樣，來得快去得也快，別放在心上喔！」

阿魄叔話還沒說完，就忙著往門口追了出去。

阿桃站在廚房門口。

她整個人的感覺很像在洗三溫暖一樣。

廚房裡面阿嬤，正忙著做蛋糕為她慶生。

而另外一頭的叔叔、嬸嬸，則是為著她的事爭吵不休。

不知道為什麼，阿桃整個人就是覺得好累、好累。

「做人真的很難！」阿桃低聲說了這句話。

「小孩子說什麼做人很難啊！」阿嬤從廚房走了出來。

「小孩子只要負責快樂長大就好，說什麼做人很難啊！」阿嬤笑著對阿桃說著這些。

「沒啦！」阿桃低聲說道。

「去叫妳的阿魄叔和嬸嬸下來吃蛋糕了！阿嬤的蛋糕做好了，保證是小阿桃從來沒吃過的口味。」

「他們……」阿桃指了指門口。

「怎麼了嗎？」阿嬤看看門口不解的問道。

「他們兩個人吵架，都衝出去了！」阿桃囁嚅的說著。

「嬸嬸先衝出去，阿魄叔說要去把嬸嬸追回來！」

「吵什麼啊？有什麼好吵的！」阿嬤問著阿桃。

阿桃面有難色的回答阿嬤：「為了我的事情吵……」

聽到這裡阿嬤就不說話了。

「那我們也出去吧！拎著蛋糕出去好了。」阿嬷淡淡的說。

「去哪裡啊？」這回換阿桃問了。

「去周家老家啊！」阿嬷堅定的說著。

09

周家老家

阿嬤跟阿桃拎著一個大蛋糕來到周家老家的院子。

阿桃還教阿嬤怎麼用相機，阿嬤七手八腳的才幫阿桃拍好照片。

「拍照比做蛋糕難多了啊！」阿嬤笑著說。

阿嬤和阿桃拍完照就在周家的院子裡頭坐著吃起蛋糕來。

「阿嬤，這個蛋糕好特別喔！什麼都沒有加，為什麼這麼好吃呢？」阿桃邊吃邊問阿嬤。

「這是清蛋糕，就是什麼都不加，吃原味才香啊！」阿嬤又切了一塊更大塊的蛋糕給阿桃。

「阿嬤，妳怎麼這麼厲害，什麼都會做啊？」阿桃問著。

「阿嬤以前是洪家的養女，後來為了養家，還去別人家裡當過管家，就是在當管家的時候，學會這麼多好吃的菜！」阿嬤笑著說。

「真的嗎？」阿桃睜大眼睛的問道。

「是啊！」

「可是以前我看過一些長輩，他們也是從小當人家養女，可是都很怨歎很不快樂的樣子，阿嬤一點都不會啊！妳是怎麼做到的呢？」阿桃不解的問道。

「說來話長，阿嬤問阿桃，妳心裡還有怨嗎？」

「嗯……有啊！」阿桃點了點頭。

「妳覺得妳嬸嬸心裡有怨嗎？」阿嬤問著。

阿桃也點了點頭。

「這就是了，阿嬤以前就是看到我的養母，她就是個心裡有怨的人，她本來是個很美麗的女人，心裡一有怨後，就把自己搞得很醜陋的模樣，小時候，阿嬤就告訴自己，千萬不要變成那樣。」

「啊……」阿桃想到剛才嬸嬸的樣子，覺得阿嬤說得一點都沒有錯。

「可是阿嬤，會怨就是覺得不公平，妳不會覺得被不公平的對待嗎？」阿桃問著阿嬤。

「也會啊！」

「那妳怎麼擺平自己心裡的不平呢？當我們被不公平的對待時，心裡就會覺得很苦、很怨，這妳是怎麼擺平的呢？」阿桃問道。

「相信老天爺啊！」

「怎麼相信呢？全天下沒有幾個小朋友，他們的爸爸媽媽都去自殺了，妳說，我要怎麼相信老天爺呢？」

「阿嬤是一直覺得人會對不起我，但是老天爺絕對不會對不起我，祂一定會給我最好的，從頭到尾一直這麼相信……」

「這一招有用嗎？」

「什麼都是要練習的啊！」

「怎麼練習啊？」

「比如說，如果阿嬤小的時候，碰到像今天嬸嬸這種事，剛開始都會覺得很低沉很不舒服……」

「那妳怎麼做？」

「我就跑到只有我一個人的地方，像是上次帶妳去過的河邊，那裡人很少啊……」阿嬤解釋道。

「在那裡看水、聽鳥叫嗎？」阿桃不可置信的說。

「除了這些以外，阿嬤還會在那裡大喊著！」

「大喊什麼？」

「以前剛開始，都是一直大聲大聲的罵啊！」阿嬤講到自己都笑了起來。阿嬤繼續說道：「罵那些我覺得對我不好的人。」

「有用嗎？」

「有啊！好像那些怨氣有個出口，是會好過一點。」

「後來就又發明了別招……」

「像是什麼呢？」

「開始稱讚老天爺啊！」

「這樣不是有點好笑啊？」阿桃笑道。

「剛開始是會有點喔！」

「阿嬤，妳都稱讚老天爺什麼啊？怎麼會發明這招呢？」

「阿嬤那時候是想，我如果多說說老天爺的好話，看祂會不會對我好一點啦！」阿嬤說到這裡，自己更是哈哈大笑起來。

「真的很妙耶，阿嬤妳一直都很有創意！」

「喔！妳看，妳說我好話，我就很開心，我想老天爺也是這樣才是啊！」阿嬤笑著說。

「妳教我怎麼個稱讚法？」

「我都是在河邊很大聲的大喊著，老天爺，我知道祢對我最好，祢不會留下任何好處不給我、祢要給我的一定是最好的……」

「要喊得多大聲啊？」

「剛開始阿嬤喊得好大聲喔，想說一定要讓老天爺聽見才行，一定要喊得非常大聲才有效。」

「結果有效嗎？」

「我覺得有效耶！」

「怎麼說？」

「因為一直喊、一直喊，我的耳朵會聽到我自己喊的東西，而且人的嘴巴很怪，當我們一直說某件事情的時候，好像會牽動我們的身體很多部分，慢慢的，我

們說的話，自己會聽進去喔！」

「要喊得真的很大聲嗎？」

「阿嬤是這樣做沒錯，而且是真的愈大聲效果愈好。」

「因為這樣喊了一陣子，就發生了一件事情。」

「什麼好事啊？」阿桃聽到阿嬤這麼說，眼睛都亮了起來。

「養父母家的阿嬤，年紀大了，搬來跟我們一起住。」

「可是阿嬤小時候，這樣不是會多一個人要照顧，會比較累嗎？」

「是啊！剛開始會怨啊！覺得老天爺怎麼都沒有聽到我的呼喊，讓我的事情更多、更忙了！」

「後來呢？」

「結果我的阿嬤一來，她對我真的很好，雖然她跟我沒有血緣關係……」

「就跟我和阿桃嬤一樣嗎？」

「是啊！」阿嬤點了點頭。

「但是阿嬤真的很疼我，疼我這個沒有血緣關係的養女……」

「阿嬷也是這樣對我，疼我這個沒有血緣關係的外姓的孫女！」阿桃感動的點了點頭。

「因為前面有這個阿嬷這樣對我，我才有能力這樣對妳付出的，孩子！」阿桃嬷說道。

阿桃聽到這裡，也點了點頭。

10

阿嬤的阿嬤

那個晚上，阿桃嬤說了很多小時候的事情，讓阿桃跟她跟為親近了。

阿桃嬤也差不多是在阿桃這個年紀，她的父母在一場車禍中過世了。那時候的人家裡都非常困苦，自己的孩子都餵不飽了，根本沒有能力想要去照顧別人家的孩子。

由於親戚無能為力照顧阿桃嬤，她就被送到別人家當養女了。

阿桃嬤的爸爸媽媽都是務農的人，整天忙於農忙，於是家裡的一切大小事都交給阿桃嬤來處理。

阿桃嬤要照料家裡一大堆的弟弟、妹妹。

有時候農忙期間，阿桃嬤還要幫忙農務。

有好幾次，阿桃嬤都很想逃回自己原來的那個家。

「不過，找不到啊！我的家在哪裡啊？」阿桃嬤輕聲說道。

甚至回到自己的老家，那裡的親戚總是罵阿桃嬤不懂事，去了養父母家，最起碼衣食無缺。

「是啊！是衣食不虞匱乏沒錯，可是養父母對自己並沒有太多的呵護，總是覺

得自己來養父母家，就是當個工人而已。要做事，人家才會對我好，並沒有什麼真正的關心。」阿桃嬤說到這裡，似乎還是有種感傷。

「自從自己每天大喊著老天爺會對我好，結果阿嬤就來了……」但是一講到這段，阿嬤的臉上就有種甜蜜的笑容。

那個老阿嬤對阿桃嬤非常的照顧。

只要有什麼好吃的、好玩的，一定留下來給阿桃嬤。

甚至還會常常偷偷塞點零用錢給阿桃嬤。

在阿桃嬤小小的時候，在她那小小的心靈中，總會感受到一份阿嬤對她特別的疼愛。

「老天爺還是疼愛我的啊！祂的眼睛還是看顧著我啊！」阿桃嬤的心中有著飽飽的滿足。

為了報答阿嬤對她的好，也為了感謝老天爺沒有忘記她……

阿桃嬤總是努力分擔家務、農務，然後更加的疼愛弟弟妹妹。

阿桃嬤自己沒有什麼機會讀書。

「是養父母不讓妳讀嗎？」阿桃問道。

「不是啦！我本來讀書就讀得不好，也就沒有必要浪費資源、繼續讀下去了！」阿桃嬤笑著說。

不過阿桃嬤出社會去當別人家的管家時，卻是努力存錢，為下面的弟弟妹妹爭取讀書的機會。

即使大家都大了，各自有自己的家庭，阿桃嬤也不忘記關心弟弟妹妹。

「很多人都問我，妳那些弟弟妹妹和妳都沒有血緣關係，為什麼妳要對他們那麼好呢？」

阿桃嬤笑著說道：「我總是說，因為從前有一個沒有血緣的阿嬤，對我也是這麼的好。」

「這一份愛，讓我願意為弟弟妹妹多做一點，就像阿嬤對我一樣。」

阿桃嬤這一段話，讓阿桃好不震撼。

「阿嬤，也是因為這樣，妳才對我這麼好的，是嗎？」阿桃問著。

「是啊！阿嬤看到妳的時候，就好像看到阿嬤小的時候啊！」阿桃嬤摸摸阿桃

的臉頰。

「阿桃啊！人不要去找人來怨，要去找人來愛啊！」阿桃嬤有感而發的對阿桃說著。

「這一路上，阿嬤雖然做很多，但是很滿足，阿嬤也希望妳能這樣快樂啊！」阿桃嬤摸摸阿桃的頭說著。

阿桃點了點頭。

阿嬤又把手放在自己心臟的位置。

「我們人的心是寶貴的，不要把它裝滿了怨恨，要裝一些美好的東西，知道嗎？」阿嬤跟阿桃說道。

阿桃又點了點頭。

「阿桃，也晚了，要不要回家了呢？」阿桃嬤問起阿桃。

「好啊！」阿桃答應著。

這一次走出周家大門的時候，阿桃又是駐足長久。

上次是跟媽媽，這次是跟阿嬤。

上次媽媽的心裡懷著許多的絕望、悲傷，早就決定離開這個世界。

那時候阿桃站在她的旁邊，並不知道隔沒幾個小時，爸爸媽媽就決定離開這個世界了。

「爸爸、媽媽，謝謝你們給了我這麼美好的童年，我想在這個世界繼續活下去……」阿桃在心裡這樣想著。

「我想活下去看看，我能夠在這個世界上活出怎麼樣的人生？」

「我想把你們那份一起活出來，謝謝你們給我這個人生、這個機會！」

阿桃在心裡默想著。

阿嬤也讓阿桃一個人在那裡凝視著。

「那個孩子一定是有什麼話要跟爸爸媽媽說。」阿嬤在心裡這樣知道。

阿桃在院子裡撿起一片葉子放進口袋。

「阿桃，怎麼了？」

「我想這是我最後一次來周家老家了，以後都不會再回來，想說帶一片葉子在身邊。」

「嗯……」阿嬤點了點頭。

阿嬤只是在旁邊收拾著蛋糕還有一些餐具。

阿桃想要轉身離開周家老家，但是腳好像被什麼定住了一樣，一動也不能動，就停在那裡。

太多的回憶湧上了心頭。

光是想到爸爸媽媽對她的好，在這裡無數的歡笑，阿桃就很難想像自己以後都不再回來了。

「但是，人要往前走啊！我不能一直回頭看，沉溺在過去，這樣只有更加難過而已啊！」阿桃心裡想著。

法院的封條還是貼在周家的大門口。

「是啊！也該在我的記憶裡貼上封條了！」阿桃這麼想著。

阿桃又回去院子裡再看了一輪。

到家的大門口去敲了一下。

「以前總是有人熱切的迎接我啊！」阿桃心裡還是有點辛酸。

但是轉身看到阿嬤也有一對熱切的眼睛。

阿桃又回過頭來看了一下老家，這次她走出家門，將鐵門用力的甩上、不再回頭。

她要往更新的一頁走去了！

11

嬸嬸懷孕了

就在阿桃過完生日後，嬸嬸傳出了懷孕的消息。

「我們阿桃真是個福星，是我們的招妹和招弟，馬上就帶來了弟弟妹妹啊！」阿嬤開心的說道。

嬸嬸也點了點頭。

嬸嬸自從懷孕後，可能是真的很高興，也為了胎教，她整個人的情緒就是好了許多，對阿桃說話也客氣了不少。

也可能是因為阿桃自從和阿嬤談過後，知道阿嬤那麼多的過往，卻能夠以愛對待自己養父母家的人。

「這點，我要跟阿嬤多學習、學習。」阿桃在心裡這樣想著。

「阿桃啊！以後弟弟妹妹還要妳多多幫忙照顧喔！」嬸嬸這樣對阿桃說道。

「我會的，嬸嬸，我也很希望有弟弟、妹妹作伴，我會好好對待他們的！」阿桃這樣回答。

「阿桃，謝謝妳啊！」阿魄叔也跟阿桃這樣說。

「當然囉，我們阿桃最乖了，現在我去菜市場買東西，都是阿桃幫我提的，菜

市場的攤販都覺得我們家的孫女又乖、又能幹，非常羨慕我呢！」阿嬤笑得合不攏嘴的說道。

這一天，嬸嬸在家裡正要上樓的時候，看到樓下的阿桃，她順口說道：「阿桃，幫嬸嬸拿那本雜誌上來好嗎？我想在床上躺著看，坐在樓下客廳滿累的！」

「好啊！」阿桃馬上應了一句。

正當阿桃要把雜誌拿上去給嬸嬸時，嬸嬸一個沒注意，竟然從樓梯上踩空、跌到樓梯口的轉角處。

「快來人啊！嬸嬸摔跤了！」阿桃急著大叫。傭人、阿魄叔都趕了過來，趕快把嬸嬸送到醫院。

經過醫院詳細的檢查後，還好嬸嬸和胎兒並沒有大礙。

阿魄叔和嬸嬸在病房裡談著。

「好險，妳沒事，孩子也沒事。沒事就好、沒事就好……」阿魄叔一直說著沒事就好。

「什麼沒事，我愈想愈不對！」嬸嬸抱怨道。

「怎麼個不對了？有事要跟醫生說啊！讓他檢查檢查，不要影響到妳和胎兒的健康才是。」

「我的病醫生沒有辦法醫啦！」

「怎麼了啊？」阿魄叔聽嬸嬸這樣說，聽得一頭霧水的。

「我覺得阿桃在我們家還是不好，她實在有點不太吉利！」嬸嬸心事重重的模樣。

「老婆啊！妳在說什麼啊？要不是阿桃趕快叫人，妳跌在樓梯口根本沒人知道，是她救了妳一命，妳還這麼嫌棄她，妳到底有沒有頭腦啊？」阿魄叔聽到聽不下去的地步。

「我是說真的啦！你看，我要她幫我拿個雜誌，結果我就從樓梯上摔下來，誰曉得以後我要她做些什麼，還會發生什麼倒楣事呢？」

「妳實在是太迷信了啦！」

「這不是迷信不迷信的問題，而是有些孩子就是會剋父母，我們把她接到我們

家就是剋到我們！」

「這是哪門子的鬼話，我是不信這一套。」

「寧可信其有，不可信其無啊！」

「妳們這些女人就是這麼無聊，有那種心思，倒不如多散散步、多走走，對妳對胎兒都好。」

嬸嬸露出不以為然的表情說道：「我有把阿桃的八字拿去給算命先生批過！」

「無聊！」阿魄叔簡單的回了他太太這句。

「你聽我說完啦！」

「好吧！妳要說就說，不過可別強迫我要信算命的話，很難！」

「算命先生說這個阿桃，是那種命很硬的孩子，這種命硬用在事業上很好，但是對六親不好。」嬸嬸露出八婆的嘴臉說道。

「那不是很好，將來她事業有成，我們也跟著沾光，那不是要趕緊把她留在身邊才好啊！」阿魄叔不耐煩的說著。

「什麼話？你沒聽懂嗎？算命先生說對六親不好，我們收養了她，對我們都不好啊！」嬸嬸急呼呼的解釋著。

「妳有跟她很親嗎？別好笑了吧！她叫我們叔叔、嬸嬸，也不是叫我們爸爸、媽媽，也影響不到我們啊！」阿魄叔冷嘲熱諷的說道。

「你一定要跟我唱反調嗎？」

「我不是在跟妳唱反調，而是妳說的這些話簡直是前後矛盾，妳根本就是心裡有個結論，不想阿桃留在這裡，就去找個算命先生的話來說，重點不是那個算命的說什麼，而是妳心裡到底在想什麼啊！」

「你要這麼說也是可以，我就是不喜歡阿桃留在我們家，真的非常奇怪，送她去育幼院不是很好嗎？我們可以多點錢給育幼院，相信他們收到錢也會對阿桃很好的啊！」嬸嬸用懇求的語氣跟阿魄叔說。

「阿桃又不是一隻小狗，我們就算養一隻狗，把狗接到家裡，也不會隨隨便便送掉！更何況是人呢？既然都已經把阿桃接過來家裡，就要好好的對人家，這時候送她去育幼院，孩子心裡不是會有問題嗎？」阿魄叔愈說愈氣。

「你也沒有好好的對阿桃啊！你還不是躲著她，只要她在客廳你就上樓；她

在飯廳，你就來客聽看電視，也沒有辦法給她愛，育幼院的人有他們照顧孩子的專業，反而對阿桃是一件好事啊！」

阿魄叔聽到嬸嬸的話，頓時啞口無言了。

「我還有考慮到一件事，這就不是算命先生說的。將來我們的孩子出生了，我們要怎麼跟他解釋，上面有個姊姊姓周不姓洪呢？你敢跟孩子說，是因為你害了人家的爸爸媽媽跳海自殺，只好把他們的遺孤接來收養，你說得出口嗎？」嬸嬸冷笑著問道。

阿魄叔一時也說不出話來。

「就說朋友過世，孩子跟阿嬤很投緣，就把她接過來住，當成女兒一樣養大舅好，別的都不用說了！」阿魄叔想了半餉，才說出這一段話。

「那將來你會把財產分給阿桃嗎？」嬸嬸反問阿魄叔。

「會吧！就算是養子也都有財產可以分啊！」

「那這樣你親生的孩子就會少分了！你願意嗎？」

「這也沒什麼啊！」

「你覺得沒什麼，我可覺得有什麼！你的財產是我跟著打拚出來的，我想要留給我的親生兒子女兒，不想分給外人。我不想把阿桃留下來，讓我的孩子的權益受損！」嬸嬸說得振振有詞的。

「再說吧！還早呢！以後的事情很難說啊！」阿魄叔冷處理了嬸嬸說的事情。

12 明治出生

阿魄叔的兒子順利出生了，取名叫做明治。

阿魄叔和嬸嬸的高興自然不在話下，應該說全家都在一片歡騰之中。明治的滿月酒席辦得熱鬧極了。家裡張燈結綵的，許多親戚朋友也紛紛前來祝賀。

尤其這幾年阿魄叔的生意如日中天，各方人士無不前來道賀，光是收到的金飾，整個包起來都是沉甸甸的，拿久了會手軟。

那天晚上的滿月酒，嬸嬸示意要阿桃就留在樓上房間裡不要下來了。

「妳這又是做什麼啊？」阿魄叔很不能理解，好好的一個喜事，也要這樣分來分去。

「阿桃下來，要怎麼介紹給親戚朋友知道呢？」嬸嬸一臉為難的樣子。

「就說是我們的女兒，問起來就說是收養的啊！這本來就是事實！」阿魄叔理直氣壯的說道。

「收養的女兒，然後叫我們叔叔、嬸嬸，又姓周不姓洪，我光是解釋她的事情，就模糊了明治的滿月酒，那又何必呢？」嬸嬸這樣講道。

「沒關係，阿魄叔、嬸嬸，我就留在樓上的房間，剛好這天的功課很多，我留在房間寫功課好了！」阿桃體貼的說道。

「妳自己看看，阿桃就是這麼明理的孩子，妳真是要把我給氣死才甘願。懶得說妳了！」阿魄叔現在說到阿桃的事，也懶得跟嬸嬸吵了，因為說來說去都是那些話，也沒有什麼良性的進展。

阿桃在房間裡頭，對於樓下的喧譁聲，她沒有任何的欣羨。她反而覺得一個人在房間還比較清心。

「扣扣扣……」這時候有人敲著阿桃的房間門。

「誰啊？」阿桃問著。

「是我，阿桃嬤啦！」

阿桃趕緊開門讓阿嬤進來。

「阿嬤，怎麼不在樓下，今天是明治的滿月酒席啊！都是親戚朋友來，他們看明治，也要跟阿嬤聊聊才是。」阿桃說著。

「想說妳一個人在房間，也不知道有沒有吃，把一些吃的東西拿上來，也跟妳聊聊啊！」阿嬤說道。

「阿嬤，我不餓！反正我們有得是機會聊天，親戚朋友比較少見，妳還是下去啦！」阿桃催促著阿嬤。

「剛剛已經聊過一輪了！想說除了拿飯菜給妳，也要給妳一樣東西。」阿嬤這樣說道。

阿嬤拿出一個紅絨布的盒子。

「阿嬤，這是什麼啊？」

「妳打開來看就知道了！」

阿桃打開紅絨布的盒蓋，裡面有一套金飾的項鍊和手鍊。

「阿嬤，今天也不是我的滿月酒，是明治的滿月酒，這應該是送明治，不是送我的啦！」阿桃笑著說道。

「我知道啊！已經有幫明治準備了一套，在幫他準備的時候，就想幫妳準備一套，妳也是我們家的女兒，應該要幫妳準備的！」阿嬤邊說邊把項鍊和手鍊拿出來要幫阿桃掛上。

「戴起來讓阿嬤看看！」阿嬤欣慰著說。

「好漂亮啊！」阿嬤直說自己買對了，阿桃戴起來非常好看。

「這麼好看，以後就戴在身上好了！」阿嬤這樣說道。

「阿嬤！沒有小朋友這樣戴著上學的啦！會被同學笑！」阿嬤這一說，把阿桃急個半死。

「是喔！真的有點像暴發戶耶！」連阿嬤自己都笑了出來。

但是阿桃邊笑邊紅了眼眶。

「阿嬤謝謝妳對我這麼好！」阿桃一把抱住阿嬤，淚水在臉頰上滑落了過去。

「傻孩子，妳是我們家的女兒，阿嬤本來就要對妳好才是啊！」阿嬤輕拍著阿桃。

阿桃雖然嘴上說不介意，還是有點覺得自己被排擠在外，像個外人一樣。

不過阿嬤這一來，把她的所有沮喪和自憐都掃除了。

「妳不要難過，也不要擔心，阿嬤認妳這個孫女，以後妳結婚的嫁妝，阿魄叔和嬸嬸不幫妳準備，阿嬤一定替妳準備的！也會幫妳留一份財產，這阿嬤都已經想好了！」阿嬤邊拍阿嬤邊說。

「阿嬤，妳對我的心比這一切都重要，謝謝阿嬤沒有把我當成外人！」阿桃哭著說。

「我知道的，阿嬤都知道的，阿嬤當過養女，妳忘記了嗎？這些阿嬤都經歷過，妳放心，一定照顧妳照顧得好好的！」

阿桃聽到阿嬤這麼說，更是眼淚撲撲的流著。

「妳也不要把嬸嬸說的那些話放在心上，她那樣的反應是人性，我們沒有辦法要求別人做出那些超越人性的事情，即使是親生兒女，也有比較親和比較疏遠的，這都不能強求！知道嗎？孩子！」

「我知道，我只要記得阿嬤對我的好就好了！這就夠了！」阿桃趴在阿嬤的背上猛點頭。

「是啊！我知道阿桃是個明理的孩子！」阿嬤欣慰的點點頭。

但是人的緣份說也奇怪，明治從出生開始，就是對阿桃比較特別。

明治只要看到阿桃就笑得特別大。

而且還不會講話的時候，明治總是ㄚㄚ說著大家聽不懂的話，然後跟阿桃講個沒完。

阿桃總是很認真的聽了明治囉哩囉唆的一堆後，點點頭說：「喔！原來是這樣啊！」

然後明治就心滿意足的繼續說了一大堆沒人聽得懂的話。

這種情況讓嬸嬸有點吃醋。

「這個孩子有沒有搞清楚，我才是他媽，他不跟我說，跑去跟阿桃說，真是沒搞懂……」嬸嬸跟阿魄叔抱怨著。

「他們兩個真的很像親姐弟啊！」阿魄叔看到這種場面，心裡有著無限的欣慰與感激。

「阿桃很疼這個弟弟啊！妳應該高興，我們明治多了一個人來疼，這是很好的是啊！」阿魄叔這樣對嬸嬸說道。

嬸嬸靜默不語。

「阿桃大明治這麼多，都會照顧他、讓他，這也是我們明治的福氣，妳說是不是啊？衝著這一點，妳也可以對阿桃好一點，我們對她好，她就會對明治好，這樣大家都不吃虧啊！」

聽到阿魄叔這一番話，嬸嬸只是哼的一聲，把臉撇到另外一邊，什麼話都不肯說。

13

好姊姊

自從明治出生之後一年多，嬸嬸又生了玫玫。

「我就說我們阿桃會帶弟弟妹妹來，你們看，沒錯吧！」阿嬤老是把這件事掛在嘴巴邊。

而阿桃真的很喜歡當姊姊。

以前她自己爸爸媽媽還在世的時候，阿桃就常常央求媽媽能夠幫她生個小弟弟、或是小妹妹。

但是媽媽忙著幫爸爸做生意，一直沒有辦法幫阿桃達成她的心願。

看到明治和玫玫這兩個小自己十歲的弟弟、妹妹，阿桃真的很開心自己終於做姊姊了。

有一天，明治跟媽媽嘔氣，把自己反鎖在廁所裡，然後一個人在廁所裡哭得很傷心。

「明治，開門啊！」任憑阿魄叔和嬸嬸在外面叫喚明治，明治還是什麼都不管，只管哭而已。

阿魄叔一著急，就拿著榔頭，敲著廁所門上面的玻璃窗戶。

「你這是做什麼？會嚇到明治啊！」嬸嬸大聲的叫住阿魄叔。

果然，阿魄叔這個舉動，讓明治哭得更悽慘了。

這時候阿桃走到廁所前面，透過廁所門下的氣窗，跟明治說道：「明治，我是阿桃姊姊，乖，明治，把門打開。」

明治並沒有把門打開，卻是停止了哭聲。

阿桃繼續趴在地上，跟廁所裡頭的明治「心戰喊話」。

「明治，阿桃姊姊幫你做了你最喜歡的紙風箏，你把門打開，姊姊帶你去外面放風箏好嗎？」

這時候，廁所裡頭的按鈕終於應聲彈開。

然後明治一把眼淚、一把鼻涕的哭倒在阿桃的懷裡。

嬸嬸看到這個場面，馬上垮下臉說：「搞得一副我們欺負他的樣子啊！」

阿桃則是一直拍拍弟弟說：「別哭、別哭，寶貝，我們出去放風箏。」

阿桃這麼拍著的時候，明治就趴在阿桃的肩上，趴著趴著竟然睡著了。

嬸嬸就一直賭氣的坐在沙發上。

阿嬤就陪著阿桃把明治放回房間的小床上。

「阿桃，妳真是個好姊姊，以後都要疼明治和玫玫喔！」

「我會的，阿嬤，我喜歡當個好姊姊。」阿桃這麼說道。

「妳會不會覺得阿嬤這麼跟妳說很自私呢？」

「有時候心情不好的時候會這樣覺得。」阿桃笑著說。

「不過，我可以接受啦！這是人之常情。」阿桃補充道。

「阿嬤知道，阿嬤是過來人，以前當養女的時候，還是會覺得爸爸媽媽有大小眼啦！」

「還好有阿桃嬤，以及阿嬤的阿嬤，讓我們可以接受這一切。」

阿嬤欣慰的笑著。

「阿桃，妳知道阿嬤是盡心的對妳好，如果阿嬤還有做得不夠的地方，要跟阿嬤明說。」

阿桃搖搖頭說：「阿嬤對我好得嬸嬸都吃醋了。」

「阿嬤也希望妳能夠跟明治和玫玫，成為團結的兄弟姊妹，以後在人生的路上，能夠互相扶持。」

阿桃點點頭。

轉眼間，阿桃也要國中畢業了。而阿桃自從國中畢業之後，就打定主意不要繼續升學。

「那妳不讀書要做什麼呢？」阿嬤擔心的問道。

「阿嬤，我想去賣酸梅湯。」阿桃這樣說。

「阿魄叔是希望妳能繼續升學，假如妳能讀到多高，阿魄叔都會供應妳的。」阿嬤這樣跟阿桃說著。

「阿嬤，我真的不愛讀書，也不是讀書的料，我真的比較喜歡去做生意。」阿桃這樣說道。

「人家會說我們洪家苦毒妳，連書都不讓妳讀，就要推妳去做生意、賺錢。」阿嬤皺著眉頭說。

「阿嬤，不要管別人怎麼說啦！我自己覺得自在比較重要，我本來書就讀得不好，真的也沒必要硬去讀。」

「好吧！好吧！想賣酸梅湯就賣酸梅湯。」

阿嬤其實不太明白，因為在她那個年代，是家裡沒有那麼多的錢可以供孩子讀書，所以能夠讀書就是一件非常幸福的事情。

現在阿桃有機會可以讀書，卻要去賣酸梅湯，阿嬤一直不太能明白她到底在想什麼？

「賣酸梅湯感覺很像去當工人，妳真的要去做嗎？」阿嬤又再問了阿桃幾次。

「是啊，阿嬤，我真的對賣酸梅湯很有興趣。」

「還要去菜市場賣酸梅湯？」阿嬤繼續問道。

「是啊！菜市場人多，去賣酸梅湯不是很好嗎？大家買菜渴了，就會買杯酸梅湯來喝啊。」

「我真的不明白阿桃小姐心裡在想些什麼？好吧！要賣酸梅湯就賣吧！」阿嬤勉為其難的答應了。

雖然說阿嬤百般的不願意阿桃去賣酸梅湯，但是阿嬤還是把她所有的看家本領都教給阿桃了。

祖孫兩在廚房裡試了又試。

「阿嬤，這樣煮多了，味道好像變淡了！」阿桃嚐了一口酸梅湯，跟阿嬤說道。

「那個藥草要放多一點，味道會比較好些。」阿嬤喝了後，給了這點建議。

「而且冰過後，味道是會有點不一樣。」阿嬤又再喝了幾口這樣說著。

「最重要的是要抓煮酸梅湯的火侯，還有冰起來的時間，如果抓對了，酸梅湯好喝就沒問題囉！」阿桃自己看看筆記，自言自語的說道。

阿桃剛要開始做小生意，所有的鍋子、推車、碗盤，都是阿嬤去張羅的。

「阿嬤，不用買全新的啦！」看到阿嬤買來全新的碗盤，阿桃忍不住跟阿嬤這樣說道。

「大家做生意都是去買二手的就好，這樣的店很多啊！」阿桃補充道。

「沒關係，我們現在還有點能力，都用好一點的東西，這樣客人會覺得我們很有心，就會常常來買了。」阿嬤說道。

「我要做生意，結果還是阿嬤掏出私房錢來幫忙，阿嬤這下子虧大了！」阿桃嘟著嘴說。

「以後阿桃孝順我就好了！跟阿嬤計較這種事，真是的！」阿嬤跟阿桃抱怨，阿桃把她當外人。

「不是啦！只是覺得很想去賺錢，看看自己的能力到哪裡！」阿嬤說這話時，眼睛還閃閃發光呢！

14 阿桃嬤酸梅湯

要到菜市場擺個攤位，這下子問題來了！

「總要有個招牌吧！」阿嬤問起阿桃。

「是喔！忘記這麼重要的事情，要有個招牌耶！」阿桃這才想起來，要不是阿嬤提醒，阿桃壓根沒想到這件事。

「要不然妳打算怎麼辦？」阿嬤笑著問說。

「就拿個紙板，上面寫著酸梅湯三個字就好了。」阿桃笑說。

「不好吧！這樣很沒有個樣子。」阿嬤想想道。

「那叫做阿桃嬤酸梅湯好了！這本來就是阿嬤教我做的酸梅湯，這個名字非常恰當。」阿桃順口這樣說，店名就出來了。

「很好啊！阿桃嬤酸梅湯感覺就很像老店，會開很久的樣子。」阿魄叔聽到也稱讚叫好。

「而且賣到阿桃自己當阿嬤時，這個招牌還可以用！是真的很不錯。」阿嬤笑著說道。

「是啊是啊，我可以賣到自己變成阿嬤，我喜歡這樣。」阿桃自己講到都覺得

好笑。

隔沒多久，阿桃就推著小推車，上菜市場賣起「阿桃嬤酸梅湯」了。

「阿桃，妳這麼年輕，就叫自己阿桃嬤，這樣好嗎？」老鄰居和客人都這麼跟阿桃說。

經過阿桃的解釋，大家才知道，原來阿桃和阿桃嬤竟然名字一模一樣。

「這兩個祖孫沒有血緣關係，但是真有緣份啊！」鄰居、客人紛紛這麼說道。

阿魄叔的生意做得不錯，很多客戶、廠商為了捧阿魄叔的場，也會特別到菜市場買杯「阿桃嬤酸梅湯」來拉關係。

阿桃的生意說好是不錯，但也沒有說是太好，就是普通、平平而已。

「這樣就好、這樣就夠了！也不用做到太好，會累、會累。」阿桃嬤一直這樣跟阿桃說。

在阿嬤的堅持下，阿桃就像是做興趣一樣，在菜市場賣起酸梅湯來。

「反正家裡也不缺錢，妳這麼認真做什麼呢？」阿嬤一直這樣跟阿桃說道。

「女孩子最重要的就是嫁個好對象，賣酸梅湯收支平衡，阿桃自己有點零用錢就夠了，不用做得太好。」阿嬷常常這樣跟阿桃耳提面命。

反倒是阿桃自己有點「野心」。

「總要自己能夠養活自己，還能夠買棟房子才比較實在啊！」阿桃在心裡這樣想著。

阿嬷跟阿桃相處久了，也不是看不出阿桃的心思，她就老是要阿桃別光想著賺錢。

「只要妳結婚了，阿嬷一定給妳一棟房子當嫁妝，別那麼辛苦了啦！」

「可是，我覺得自己可以賺錢，感覺比較實在，尤其每天做生意，看到現金進來，那種感覺真的非常踏實、平安。」阿桃說道。

阿桃真的是打從心底這麼想。因為已經不少人幫她介紹男朋友，都被阿桃回絕了。

「妳這樣是要當老姑婆嗎？」阿嬷沒好氣的問道。阿嬷是一直希望阿桃能夠找到一門好親事，有個自己的家。

「妳不覺得有個妳自己的家，這樣比較實在嗎？」阿嬷問著。

「不會，我覺得有自己的事業，能夠賺錢，比較實在。」阿桃這樣說。

「阿桃，趁阿嬤現在還在，把妳風光的嫁出去，要不然阿嬤走了，我會擔心沒人替妳好好作主！」阿嬤憂心忡忡的說著。

「阿嬤，我在菜市場也看多了。女人真的要靠自己，不要想去靠男人，要不然靠山山倒。」

「孩子，阿嬤是為妳好，捨不得妳辛苦，知道嗎？」

「我知道，但是我真的是沒有想嫁啊！」

「賣酸梅湯，阿嬤可以隨妳，但是不要結婚，阿嬤真的沒有辦法隨妳囉！」阿嬤嚴肅的說著。

「好啦、好啦！」阿桃敷衍著阿嬤。

這個時候，有個市議會議長的兒子看上了阿桃。

「阿桃，妳可要把握這個機會，人家議長的兒子條件那麼好，不要隨便放棄了！」阿魄叔這麼說。

而且阿魄叔也希望阿桃跟這個議長兒子有個好結果，這樣他的人脈又可以更加往外擴增了。

「妳阿魄叔在政界這塊的人脈是可以再加強些，這樣就要看阿桃的手腕了！」平常不太管阿桃的嬸嬸，也關心起阿桃來。

這個議長的兒子長得非常胖，常常開台蓮花轎跑到阿桃的門口站崗。早上阿桃要出門賣酸梅湯，議長兒子就已經在門口等著了。

「阿桃小姐，妳要出門去做生意囉！我開車送妳過去，不要那麼辛苦推過去！」議長兒子獻殷勤說道。

「開個跑車送酸梅湯去菜市場，會笑掉菜市場攤販的大牙。」阿桃這麼說。

「笑就笑啊！反正我喜歡妳，我就不怕人家笑。」長得腦滿腸肥的議長兒子，對於阿桃倒是一片痴心。

「議長少爺，我真的對你沒有興趣，我只想靠著我自己的雙手賺錢，請你以後不要再來打擾我了，好嗎？」阿桃跟議長兒子這樣攤牌了。

「沒關係，妳現在不喜歡我，以後妳跟我相處之後，就會知道我這個人是個值得依靠的好男人，況且這是馬路，妳總不能禁止我到馬路上來吧！」

阿桃理都不理議長兒子，照樣推著她的小推車，將酸梅湯推往目的地菜市場。

一路上不少人對阿桃投以側目。

因為一個攤販車旁邊有著一台名牌跑車跟著。

而且是配合著阿桃的步調跟著。

讓人不想注意都難。

到了菜市場，由於跑車開不進菜市場內，議長兒子只好將車停在市場口，然後自己排起對來買酸梅湯。

「啊！那是我的車啊！」

只見到拖吊車把這台名車吊走。

議長兒子在後面狂追著。

那個畫面實在是太滑稽了，很像一顆球滾動著向前跑去。

菜市場內掀起一陣爆笑聲。

原本在菜市場很引人注意的阿桃，被議長兒子這麼一攪和，更是成為一個大名人。

「阿桃嬤的酸梅湯」聲名更是遠播、不脛而走。

很多人為了來看看這位讓議長兒子吃閉門羹的小姐，而跑來菜市場買酸梅湯。

15

議長兒子

「妳是哪根筋有問題，這麼好條件的男人追妳，妳還嫌啊？也不照照鏡子，自己是幾斤幾兩重。」嬸嬸聽到阿桃沒有給議長兒子好臉色，氣得直跳腳。

「妳也在我們家白吃白喝了這麼久，妳就當報答我們，跟議長兒子交往看看，也是幫妳自己一個忙，不是很好嗎？」嬸嬸繼續說道。

阿桃靜默不語。

「就隨阿桃吧！她自己的幸福她要自己掌握，我們又不是賣女兒！」阿魄叔為阿桃說了話。

「我捨不得阿桃姊姊嫁人啦！」明治也拉著阿桃的手說。

「我也是、我也是……」玫玫也湊起熱鬧來。

嬸嬸只好自己吹鬍子瞪眼睛。

「這樣也不是辦法。」阿桃心裡這樣想著。

有一天在餐桌上，阿桃跟全家說道：「我最近在外面看到一個出租的套房，覺得很不錯，想說要搬出去住！」

「什麼？」阿嬤瞪大了眼睛。

「阿桃啊！阿嬤還想風光幫妳從這個家嫁出去，妳何必搬出去住呢？」阿嬤捨不得的說道。

「阿嬤，我現在賣酸梅湯的工作已經很穩定了，我也可以自己養自己了，我想搬出去住，可以比較獨立一點。」

「好啊！我贊成！」嬸嬸一口表示答應。

「妳不是還寄望她嫁給有錢有勢的人家，好讓妳攀龍附鳳嗎？」阿魄叔酸了自己的太太一道。

阿桃在飯桌上說要搬出去住，當天做完生意後，就把簡單的行李都打包好，準備到租屋處。

阿嬤不放心，硬是要跟去阿桃住的小套房看看。

「這麼小的地方，怎麼住人啊？」阿嬤說道。

「就我一個人住，已經很大了！」阿桃淡淡的說。

「住不習慣，還是可以隨時回來！」阿嬤一直跟阿桃這麼說。

「那裡畢竟還是妳的家，阿嬤還是妳的阿嬤，明治和玫玫也是妳的弟弟、妹妹，隨時回來看看我們！阿嬤也會常常來妳的套房看看。」

「阿嬤，這是我套房的鑰匙，給妳一份，如果妳想過來，隨時都可以進來。」

阿嬤拿到鑰匙時，臉上流露出欣慰的表情。

「還好妳沒有把阿嬤當成外人，要不然阿嬤可要傷心死了。」阿嬤笑道。

「沒有，阿嬤，我不是想要脫離你們，而是很想靠自己的力量獨立，我喜歡這個樣子的自己。」阿桃這樣說著。

「有適合的對象，還是要幫自己多留意留意。那個議長兒子阿嬤看了也不喜歡，不踏實，年紀輕輕的開什麼名牌跑車，輕浮！阿嬤也覺得配不上我們阿桃，阿嬤是站在妳這邊，不要聽妳嬸嬸胡扯。」

「我想搬出來，也是想說在選擇婚姻這條路上，能夠自己作主，我不想嫁給自己不喜歡的人，也不覺得自己非要結婚不可。」阿桃解釋道。

「阿嬤知道，阿嬤知道，一切以妳的意思為主，阿桃幸福比較重要。」阿嬤點頭如搗蒜。

但是事情並不是像阿桃想得那麼簡單。

精明如阿魄叔的生意人，也碰上了阿桃爸爸當年遇上的事情。也有人用阿魄叔的手法，跟他們公司下了大量的單，但是隔了兩年，就要脅阿魄叔把公司整個賣給他，要不然單就不下到阿魄叔的公司。

「你這樣誰敢跟你做生意啊？」阿魄叔氣得到對方的辦公室去理論。

「怎麼了呢？」阿魄叔的合作夥伴笑道。

「你這是精心布局已久的計謀，老狐狸。」阿魄說這樣子說。

「阿魄，你也是老江湖了，沒有資格這樣說我吧！」合作夥伴的嘴角冷冷的上揚了一下。

「誰像你呢？還在海外成立假公司，用假數據騙我上鉤。你看我要不要告你。」阿魄叔氣急敗壞的說。

「阿魄，別把自己說得這麼無辜！你自己也是一個商人，而且還是個奸商，我們認識這麼久了，又不是第一天認識你。」

「你說什麼？」阿魄不可置信的問道。

「當年，你是怎麼整倒阿桃他們家的工廠，我可是都一清二楚，依你的個性，你要不是良心不安，你會把阿桃那個女孩子接到你家去住嗎？」

阿魄一下子語塞了起來。

「而且你要不是被這張單子的利益沖昏頭了，依你的精明，會不知道這背後的風險有多大嗎？所以你沒有資格怪我，你要怪就怪你自己吧！」

阿魄聽到這裡，簡直就是聽不下去，走出對方的辦公室，還把門甩出天大的聲音出來。

阿魄和太太開始像當年阿桃的爸爸媽媽一樣，到處去調錢。

「議長的兒子那天在街上遇到我，對我還是很有禮貌，我是覺得想個辦法把阿桃嫁給他，相信他們給的聘金一定不會少的。」嬸嬸還是在打阿桃和議長兒子的主意。

「不要再打阿桃的主意了。她都已經搬出去住，安分的做著小生意，靠自己的能力過活，我們不要再去打攪她了。」阿魄叔正色的跟嬸嬸說道。

「我只是覺得很可惜。」嬸嬸繼續說著。

「沒有什麼可惜的，今天我們會遇上這種事，在我心裡是有點感覺，這是我們

的報應。」

「什麼報應不報應啊？」嬸嬸不以為然的說。

「我們對付阿桃爸爸媽媽的方法太狠了，老天爺就讓我們遇上同樣的事情，這是我們的因果，不要再去牽扯阿桃。」阿魄叔懺悔的說。

「那是你這樣覺得，我可沒這樣想。」嬸嬸還是滿臉不以為然。

「我們從頭到尾都欠阿桃一聲道歉啊！」阿魄嘆了很大的一口氣。

「你有時間在那裡為阿桃嘆氣，把那個時間好好拿去找錢吧！錢要從哪裡生出來，我真的是有夠頭痛了。」

「媽媽有存私房錢嗎？」嬸嬸動到阿嬤的腦筋。

「那是她的老本，不要想去動她的！」阿魄嚴厲的跟自己的太太說道。

「都這個時候，家裡有的人都要拿出來幫忙，我們快要破產了啊！」嬸嬸苦笑著說。

「不要去想媽媽的錢！」阿魄叔再三跟太太提醒著。

不過嬸嬸還是去找了阿嬤。

「我是有錢在手上，但是……」阿嬷面有難色的說。

「媽，都這個時候了，難道妳要眼睜睜看到自己的兒子垮掉嗎？」嬸嬸尖聲問道。

「可是，那是我替阿桃準備的嫁妝啊！」阿嬷皺起眉頭來說。

16

嬸嬸

「媽媽，這都已經什麼時候了？妳還顧著幫阿桃留嫁妝，洪家都快保不住了啊！」嬸嬸氣急敗壞的說道。

「以前她來的時候，我就跟她說過，雖然她姓周，但是我還是會把她當成我自己的親孫女看待，也會幫她留一份嫁妝，現在我手上的這筆錢，在我的想法裡頭，就是阿桃的，是不應該動的。」阿嬤解釋道。

「現在顧不到這麼多了啦！」嬸嬸滿臉不以為然的樣子。

「我去問一下阿桃，看她的意思，如果她說拿出來，我就拿出來。」阿嬤跟嬸嬸這樣子說，嬸嬸雖不能接受，但也無能為力。

「阿嬤，阿魄叔和嬸嬸需要，就拿去給他們吧！我要結婚也不知道是什麼時候，或許我這輩子都不會結婚，妳幫我留嫁妝也是白留了啊！」阿桃自己說著都覺得好笑了起來。

「別這麼說，孩子，有些人家會嫌嫁過去的媳婦沒嫁妝，就對她不好，阿嬤就是怕妳會吃苦，才特別幫妳留了一份。」阿嬤體貼的說。

「沒關係的，阿嬤，我靠這攤酸梅湯，應該也會幫自己賺到不少，真的不用妳

幫我留嫁妝了，阿魄叔和嬸嬸急著要用，趕快拿出來給他們吧！」阿桃很爽快的跟阿嬤說。

阿嬤雖然覺得不好，但是阿桃都這麼說了，阿嬤也就把錢掏了出來，給了自己的兒子媳婦救急用。

可是阿魄的事業，財務漏洞實在是太大了，阿嬤的錢丟下去，好像杯水車薪一樣，馬上就蒸發掉了。

緊接著，就像當年阿桃家一樣，馬上要面臨房子查封的景況。

「阿魄叔、嬸嬸，我現在住的套房，對面有層公寓，我去看了狀況還不錯，想說要接全家先到那裡住。」阿桃急著跟阿魄叔和嬸嬸商量住的地方。

嬸嬸自從破產的事情逐漸明朗後，整個人是一天比一天鬱悶，始終不能接受這個事實。

「那層公寓的房租我已經跟房東談過了，你們放心，我會付的，只要把一些家具搬過去那間空屋，人進去住就行了。」阿桃積極的說道。

「什麼都沒有了！還在乎住哪裡嗎？」阿魄叔幽幽的說道。

「是啊！或許我們應該跟阿桃的爸爸媽媽一樣，死了一了百了就是了。」嬸嬸眼神空洞的說著。

「不行，阿魄叔、嬸嬸，算我求你們，一定要活下去。」阿桃說到這裡，整個人都跪在客廳哀求著阿魄叔和嬸嬸。

「我沒有辦法再經歷一次這樣的事情，我沒有辦法看到我的親人再去自殺，你們知道這有多痛苦嗎？」阿桃痛聲哭道。

阿魄叔則是嚇了一大跳，大概非常訝異阿桃的行為，也對阿桃的反應非常動容。

「阿桃啊！快起來，快起來。」阿魄叔扶著阿桃，要她趕快坐到客廳的沙發上。

「不，阿魄叔、嬸嬸，除非你們答應我千萬不要去自殺，要不然，我就跪在這裡不起來。」阿桃堅持著。

「孩子！妳知道做生意失敗，從雲端摔到底層，那種痛苦是非常磨人的啊！」阿魄叔含著眼淚說道。

「阿魄叔，我不求你為我著想，但是你要為阿嬤著想，要為弟弟妹妹著想，他們還在唸書，書也都讀得很好，你要多想想啊！有事情，我們都可以商量，我也都會幫忙的，我不能看到弟弟妹妹面對爸爸媽媽自殺的痛苦，我不願意他們跟我承受一樣的痛苦。」阿桃繼續哭著說。

「阿桃……」阿魄叔看著阿桃都無言了。

嬸嬸的眼淚也從兩頰滑落了下來。

「阿桃，我還在跟妳嬸嬸說，我們都欠妳一個道歉，當年這樣對待你爸爸媽媽，今天我們碰上這種事，也是我們的報應，算是還妳了！」阿魄叔哭著說道。

「我不要你們這樣還我，我要你們好好的活著還我，給明治和玫玫一個完整的家。」阿桃繼續跪著說。

「好孩子，快起來，阿魄叔和嬸嬸答應妳，絕對不會去做傻事，趕快起來吧！這樣跪著，阿魄叔非常不好意思。」

「好的。那阿魄叔，我們就趕緊幫忙搬家吧！搬到我住的地方對面，我們可以互相有個照應。」

阿魄叔點了點頭，但是眼眶還是非常紅。

看著阿桃一個女孩子家，忙進忙出的幫忙搬家。

阿魄跟阿嬤說道：「看到阿桃這個樣子，我更是羞愧，當初以為是我們可憐她、收留她，結果到頭來，還是她幫了我們一家子。」

「是啊，我聽菜市場的朋友們說，阿桃現在很努力賺錢，說要把我們接過去，要養這個家，聽到這裡，我也是很不好意思。」

阿魄叔接著說道：「那時候不該跟媽媽拿錢，把阿桃的嫁妝都賠下去，結果事業還是沒救回來。」

「說這些也沒用了，錢花都花了，阿桃那個孩子，你別看她是個女孩子，做人、做事、還有對於錢都很阿沙力，不是那種愛計較的孩子，這個你和你太太可以放心，她說會照顧這個家，就一定會照顧到底的，這我是知道她個性的。」

「只是這樣，我會更不好意思，以前仗恃著自己有幾個錢，總覺得是接她來過好日子，結果我們什麼都沒有了，還要她來接濟我們，老臉都給丟光了。」阿魄不斷的說著丟臉兩個字。

就這樣，阿魄一家，接近一無所有的來到阿桃住的地方的對面公寓。

「孩子，妳在我們家沒得到什麼好處，反而還要扛起這個家，辛苦了啊！」阿嬷跟阿桃這麼說。

「阿嬷，妳不能這樣跟我說，我會生氣的，在我心裡，我早就把這個家當成我的家一樣，我會孝順妳，也會孝順阿魄叔和嬸嬸，還有照顧明治和玫玫，我也都會做，妳放心好了。」阿桃說道。

「我就是知道妳會這樣做，才捨不得啊！我也是把妳當成我自己的親孫女看待啊！」

阿嬷接著又說：「妳真是我們洪家的福星啊！」

「叫阿桃的人都是洪家的福星啊！」

阿桃和阿嬷自己說得可開心了！自己還邊說、邊笑、邊標榜自己是福星一號、福星二號。

可能阿嬷和阿桃都曾經過過苦日子，對於目前的景況，兩個人都覺得沒有什麼，撐一下可就過去了。

明治和玫玫還是學生，只要專心把書讀好，也沒有太大的問題。

只有阿魄叔和嬸嬸，兩個人對於新環境很不能適應。

兩個人頭髮一下子都花白了不少，看起來比阿嬷還要蒼老的感覺。

蒼老也就算了，阿魄叔和嬸嬸說起以前的風光，總覺得自己落魄了，一直沒辦法接受自己過著貧窮的日子。

17

可以處富貴，不能居貧窮

阿魄叔和嬸嬸自從來到公寓後，更是常常唉聲嘆氣。

嬸嬸還說自己竟然開始過著貧民窟的生活。

或許是她的落差實在是太大了。

之前阿魄叔生意上軌道後，嬸嬸就幾乎沒再進公司上班了。

嬸嬸每天的日子，就是打扮得漂漂亮亮的，周圍也有一群把她拱成女王般的嘍囉們。

要不然，嬸嬸就是成天去逛珠寶店，只要買到滿意的新貨，嬸嬸就會想辦法去打麻將。當然醉翁之意不在「麻將」，而是秀自己手上的珠寶。

「妳買這麼多的珠寶做什麼啊？開珠寶店嗎？」阿魄叔偶爾會唸她一下。

嬸嬸總是說：「你不知道買珠寶是投資嗎？這些等同現金，將來如果有個什麼，這些都是可以變現的。」

結果現在落魄了，嬸嬸曾經把這些珠寶拿去當初買的銀樓，想要找機會可以脫手。

結果嬸嬸發現，即使是從那家銀樓賣出去的東西，用一折的價錢，那家銀樓都

不願意收回去。

「你們怎麼這樣，當初你們勸我要買這些珠寶的時候，說得多好聽，還會漲，將來脫手會賺，現在連一折你們都不收，保單也都是你們家的，那麼說我以前都是被你們騙的嗎？」嬸嬸說得面紅耳赤的。

「洪太太，妳何必呢？妳也戴著這些珠寶炫耀過很多地方了，也算回本了，妳這又是何必呢？」

聽到這些話，嬸嬸更生氣了。

她才發現，原來在銀樓能夠直接變現的，也只有金子而已。

「當初把這些買珠寶的錢，全去買金條，現在還可以救一下急！當時為什麼我會去買這些石頭呢？」嬸嬸懊悔不已。

尤其現在，嬸嬸更痛苦的是，她早就習慣那種眾星拱月的日子，一下子沒有一大群人簇擁她，簡直是痛苦不堪。

阿魄叔的情況也沒有好到哪裡。

可能阿魄叔和嬸嬸的作風，都是那種非常招搖，喜歡擺場面的人，一下子這些都沒有了，兩個人真的就是非常鬱悶。

而且屋漏偏逢連夜雨，阿魄叔有一天在過馬路時，竟然被計程車撞到。

其實情況並不嚴重，只是為了慎重起見，還是到附近的醫院照了片子、做了檢查。

看報告的那天，醫生一臉嚴肅的前來，跟阿魄叔說：「洪先生，我們拿了你的骨骼切片去做化驗，發現一件事，請你要有心理準備。」

「什麼事？」阿魄叔還不以為意的問道。

「是這樣的，我們化驗的結果發現，你有骨癌，而且已經是末期癌症了！」

「什麼，不可能吧！」阿魄叔整個人被這幾話都嚇破膽了。

不知道還好，知道以後，阿魄叔不知道為什麼，白血球就突然莫名飆高，進入昏迷不醒的階段。

送到醫院後，阿魄叔的情況並沒有改善。

「我的命運為什麼這麼苦呢？」嬸嬸只會說這種話。

阿嬤雖然還算鎮定，但也是一直不能接受這個事實。

「他都好好的啊！怎麼一下子又骨癌、一下子又白血球升高這麼多，所有毛病都出來了，這是怎麼回事啊？」阿嬤滿心疑惑。

明治和玫玫，阿桃則是盡量要他們還是好好讀書。

整個家就是由阿桃一個人在撐著。

阿桃雖然也很難想像事情變化得這麼快，但是事情來了，她也只能去面對。

阿魄叔的白血球，自從進醫院後，還是不斷的飆高，醫生們找了老半天，還是找不出來原因在哪裡。

阿桃在酸梅湯攤和醫院裡不斷的進進出出。

「阿桃，妳要自己顧好自己的健康，阿嬤看妳瘦了不少。」阿嬤關心的問著阿桃。

「阿嬤，我真的還好，年輕就是本錢啦！我沒有覺得有什麼不舒服的地方。」阿桃回答道。

「阿嬤雖然年紀這麼大了，但是碰上自己的兒子這樣，還是覺得生命好脆弱啊！」阿嬤難掩難過的說道。

「阿嬤，妳要放寬心，會好轉的，一切都會好的，我們都是吃過苦的人，也都過過好日子，知道這些轉眼都會過去的，要撐過。」阿桃安慰著阿嬤。

「妳看看，現在整個家就是靠妳一個人在撐著，全家都是不事生產的人，靠妳一個人在養家活口，阿嬤真是沒有用。」阿嬤搖搖頭說道。

「阿嬤，妳都是個老人家了，當然不應該再去做事，就算妳要去做，我也不會讓妳去的，我撐得起來這個家，也撐得很開心，看到弟弟妹妹功課這麼好，順順利利考上大學，妳不知道我的心裡有多麼高興，這些付出都是值得的。」阿桃這麼說道。

「是啊，明治和玫玫都很爭氣，不去補習，還都考上了國立大學，你阿魄叔和嬸嬸實在是不會想，就會鑽牛角尖，三個孩子都這麼優秀，還有什麼好不滿意的呢？」

「是啊！我們都要知足了，現在一家都住在一起，就等阿魄叔的病趕快好，從病床上爬起來，跟我們回家團圓啊！」

阿嬤也連忙點頭稱是。

這個時候，阿魄叔從病床上傳來微弱的聲音。

阿嬤和阿桃趕緊圍上前去，握住阿魄叔的手。

「阿魄叔，你醒過來了喔！」阿桃興奮的說道。

「阿魄，醒了，有沒有覺得好過點。」阿嬤也連忙問著。

阿魄叔說不清楚話，只能用微笑來示意。

阿魄叔用手微弱的比了一個要「走了」的手勢。

「阿魄叔，你不要這樣子想，我們都等著你回去呢！」阿桃說到這裡，也紅了眼眶。

「兒子啊！你可不能讓我這個媽媽白髮人送黑髮人，要好起來、回家啦！」阿嬤也哽咽的說道。

阿魄叔跟阿嬤點了點頭，又用眼睛尋找著阿桃。

阿桃看出阿魄叔在找她，她趕緊兩隻手握住阿魄叔的手，跟他說道：「阿魄叔，我在這裡，阿桃在這裡。」

阿魄叔這時候很想說話，卻說不出口。

他好像用盡了全身的力氣，終於擠出幾個字來。

那個聲音雖然微弱，但是阿嬷和阿桃都聽見了。

阿魄叔說道：「對不起，對不起……」

阿魄叔沒停的說著對不起。

18

世事多變

阿魄叔邊這麼說，眼角還留下眼淚。

阿桃拉著阿魄叔直說：「阿魄叔，我早就原諒你和嬸嬸了，那些都過去了，趕快好起來，我會好好孝順你和嬸嬸，還有阿嬤的。」

阿魄叔聽到這裡，只是微微的搖了搖頭。

阿嬤再堅強，也受不了這個場面，一個人到病房的沙發坐著哭了起來。

阿魄叔還是想要繼續說著什麼，但是嘴唇微微動著，卻發不出聲音。

阿桃想了一想，含著眼淚跟阿魄叔說：「你放心，這整個家我都會照顧的，我會孝順嬸嬸和阿嬤，還有弟弟妹妹，也會栽培他們，讓他們繼續唸書，即使我再辛苦，他們能讀多高，我就讓他們讀多高，也會讓他們出國留學，這些我都會照料的，阿魄叔，我答應你，請不要牽掛了。」

阿魄叔這才點頭示意，微笑了起來。

但是看著阿桃的眼神滿是歉意，也夾雜了幾許欣慰。

「阿魄叔，謝謝你當年收留了我，我很感激我又有了一個家，我會照顧這個家，你請放心。」阿桃繼續跟阿魄叔說著。

阿桃說完這句話，阿魄叔也走了。

而且是帶著微笑走了。

阿魄叔走得這麼匆忙，對於洪家來說的確是個打擊。

嬸嬸原本精神就不好，這一來更加恍惚，更加怨歎。

在一次例行檢查中，嬸嬸也發現得了乳癌。

嬸嬸更是雙手投降，很快就走了。

阿嬤都說嬸嬸是被「嚇」死的。

接連走了阿魄叔和嬸嬸，街坊鄰居總不缺好事者說，洪家是遭到詛咒了。

「是啊！人家說得也沒錯，我這個老的不死，是危害子孫的啊！」阿嬤聽到流言，自己在那裡說著。

「阿嬤，妳忘記了嗎？我們說過妳是福星一號，我是福星二號，妳怎麼可以這樣說自己呢？」阿桃趕緊跟阿嬤精神喊話。

「我這麼老了，也幫不上什麼忙，早點死了算了，也省一口飯，讓妳的負擔輕一點。」阿嬤嘆口氣說道。

「這是什麼話，阿嬤是我的精神支柱，每天早上起床，只要看到阿嬤，就覺得人生有了意義。」阿桃有感而發的說。

「可是每天看妳這樣忙裡忙外的，阿嬤覺得很捨不得啊！孩子！」阿嬤拉著阿桃的手說。

「阿嬤，不要這麼說，我可以撐起一個家，我覺得很幸福，還有一個家讓我可以撐！」阿桃說著。

阿嬤聽到阿桃這樣子說，忍不住拿出手帕拭淚。

「阿嬤是真的，每個人的狀況不同，像前一陣子，我看到報紙，講到有一個演藝人員，年紀很大了，但是有一個公司的人要養，因為那些都是跟著她工作很多年的老同事了。」

阿嬤專心的聽著阿桃說。

「有人問那位演藝人員說，妳年紀也這麼大了，還要忙裡忙外的，不是很辛苦嗎？」阿桃繼續說道。

阿嬤點點頭。

「那位演藝人員就說，你們不知道我的幸福，我可以幫助我的老員工養家活口，你們不知道我心裡的幸福啊！」

阿桃說到這裡，也露出幸福的笑容說著：「當時在我旁邊的攤販就說，那怎麼可能，那是說假話。但是我就跟她說，我相信她說的是真的，我也是這麼覺得的，一點都沒錯！」

阿嬤點了點頭，但是鼻子是有點紅紅的。

阿桃為了讓明治和玫玫完成出國留學的夢想，每天比以前更加認真工作了。

「阿桃嬤的酸梅湯」忙到要找人來幫忙，阿桃一個人忙不過來。

而且為了讓生意的點往外擴散，阿桃還在網路上賣起團購。

因為團購的關係，讓阿桃的生意更上一層樓。

這時候，有人幫阿桃介紹了一個男人彼此認識、認識。

鄭威良和阿桃都是中年人了，威良還是個公務員，家裡和服務的地方都在南投縣。

那是一個市場小販的遠房親戚，看到阿桃這麼好的女人，那個小販趕緊想要撮合自己的親戚認識阿桃。

本來阿桃總是說不好意思，但是弟弟、妹妹和阿嬤都鼓勵阿桃交往看看。

「大姐，妳可以學怎麼上網，和威良大哥先用MSN聊聊啊！如果可以聊的話，再決定要不要出來碰面，現在很多人都是這樣子的啊！」明治這麼跟他敬愛的大姐說。

「是啊！如果談不來的話，就趕快拜拜，直接就封鎖MSN，也不會牽拖，非常方便啊！」連玫玫都鼓勵著阿桃交個男朋友。

「太時髦了啦！我就是在菜市場而已，怎麼好意思去高攀人家呢？」阿桃滿臉不好意思。

「拜託，妳現在可是白手起家的女企業家了啊！」明治和玫玫都這麼跟阿桃灌輸著。

這兩個小的，從小就非常喜歡阿桃，崇拜這個大姐。

也可能因為阿魄叔和嬸嬸生意忙、活動多，所以兩個小的都是阿桃在招呼，之間的親情自然不在話下。

「說什麼女企業家，哪有這麼了不起呢？就是賣糖水的啊！」阿桃搗著嘴直笑說不好意思。

「阿桃，不要顧慮阿嬤，也不要顧慮弟弟、妹妹，妳自己的幸福才是最重要的，妳還年輕，要為自己以後打算。」阿嬤一直很擔心阿桃的婚姻大事。

阿嬤不是一個自私的人，只要看到阿桃這麼張羅洪家的裡裡外外，阿嬤總會提醒阿桃要為自己幸福著想。

「妳也要想想，你們周家只有留下妳這根苗，妳也要為周家傳遞香火吧！」阿嬤這方面的觀念還是很老派。

「我不會這樣想，我沒有什麼觀念分周家、洪家，阿嬤也沒有我姓周，就對我不好啊！」阿桃這樣子說。

「但是阿嬤有一天也會走，弟弟、妹妹也會長大有自己的家，難道到時候妳就一個人這樣過一輩子嗎？」阿嬤憂心不已的說道。

「那也沒什麼不好啊！」阿桃笑著說道。

「我們也會孝順大姐的，大姐對我們兩個這麼好，早就像我們的媽媽一樣，大姐不結婚，我們就把她接到我們家裡去住。」明治斬釘截鐵的說道。

阿桃笑得可開心了。

只有阿嬤聽到這件事，還是皺著眉頭，不是很放心的模樣。

19

男朋友

於是阿桃就學起年輕人和威良在MSN通起話來了。

可能彼此都是中年人，所以阿桃真的和威良非常談得來。

尤其威良在公務機關底下帶了幾個年輕人，阿桃的酸梅湯公司裡頭也請了很多屬下，兩個人常常在MSN上聊說，如何帶人。

在MSN上聊了半年，阿桃和威良終於要碰面了。

由於雙方都是個老派的人，所以威良的做法是阿桃全家去吃牛排、當成家庭聚會。

「威良大哥，我們這樣子不是來了一大堆的電燈泡嗎？」明治調皮的跟威良說道。

「不會啦！我們這個年紀的人交往，本來就是跟對方的家人一起交往，這真的沒什麼。」威良憨憨的笑說。

這也是阿桃第一次帶個男人讓家裡的人看看。

阿嬤笑得合不攏嘴。

「我看阿嬤高興成這個樣子，感覺好像交女朋友的是她一樣。」玫玫笑道。

「也沒有什麼不行啊！我們也可以幫阿嬤介紹男朋友啊！」明治大笑著說。

「真是的，吃妳阿嬤我的豆腐。」阿嬤搖搖頭說。

那頓飯吃完後，阿嬤就一直催促著阿桃也要去威良的家裡看看。

「先去看看，看清楚了，認清事實，就可以決定結婚了。」阿嬤跟阿桃這麼說。

「這麼快喔！」阿桃嚇了一跳。

「是啊！你們都不是年輕人了，像這種以結婚為前提的交往，本來結婚就很快的啊！」阿嬤這麼說著。

「哇！阿嬤好時髦喔，還知道以結婚為前提的交往。」明治笑著說。

「就算不知道，看韓劇也知道啊！」阿嬤一臉覺得沒什麼了不起的樣子。

可能威良的家裡也跟阿嬤的想法一致，所以也急著邀阿桃到南投的家中看看。

其實整個吃飯的過程非常融洽，威良的爸爸媽媽和其他親戚都十分滿意阿桃的能幹。

「不過，阿桃，威良媽媽要跟妳先說清楚喔！妳嫁來我們鄭家，就是嫁過來了喔！我們台灣人的女人結婚，是人和財一起嫁過來，妳的收入就是我們鄭家的，不是洪家的。不過也還好，反正妳本來姓周，家裡的爸爸媽媽也都走了，相信這對妳來說也不是什麼難事才是。」鄭媽媽這樣說道。

「媽啊！妳在說什麼啊？」威良有點不高興的說著。

「我就是在說這個，我們在結婚前要先講清楚，我們本省人本來就有本省人的規矩，阿桃嫁過來當然也要遵守啊！」鄭媽媽意志堅定的說道。

「媽媽就是老是這麼說，害大哥老是討不到老婆，大哥也真沒用，應該反抗媽媽，搬出去住才是。」威良的小妹自己在那裡說起來。

「妳在胡說些什麼啊！妳威良大哥是我們家的長子，本來就應該跟爸爸媽媽住在一起、照顧爸爸媽媽，妳一個女孩子插什麼嘴啊？」鄭媽媽又開口了。

「阿桃姐，趕快看清楚喔！我們鄭家是個重男輕女的家庭，等到我像妳這麼有能力、經濟獨立的時候，我一定趕快搬到外面去住。妳要趁現在想清楚，還可以逃的時候就趕快逃吧！」威良的小妹快人快語，說得威良猛瞪她。

「妳說夠了沒啊？」鄭媽媽示意要鄭小妹閉嘴。

鄭小妹用手做了一個拉鍊的手勢，像是把嘴巴封住一樣，然後抓起抓上的一隻雞腿，就往房間走去。

「真是讓妳見笑了，阿桃小姐，是我們沒教好。」鄭媽媽為鄭小妹猛賠不是。

阿桃是心平氣和的在鄭家吃完這頓飯。

威良送她去坐車時，還一直問著阿桃：「妳會不會被我媽媽這一番話嚇到？」

「是沒有，我們兩個的年紀也不小了，鄭媽媽說的事情也是要考慮就是了。」阿桃這樣子說。

「我媽媽的觀念比較傳統，說話也比較直，妳不要放在心上。」威良一直這麼解釋著。

「你的意思呢？威良，我們也還沒有討論到這件事，既然你媽媽提起來，我也很想知道你的看法。」阿桃問道。

「我是覺得拿點錢回去洪家是沒有問題的，但是的確台灣人是連人帶財嫁過來的，這在以前就是這樣，也都是既行的準則，我覺得遵守也沒有差啊！」威良簡簡單單的一語帶過。

威良說得簡單，但是回到家中的阿桃卻因此失眠了。

阿桃那天在餐廳裡準備一些開店要用的東西，結果碰到阿嬤和明治都出來倒水喝。

「大姐，怎麼還沒有睡啊？明天不是一早又要做生意嗎？」明治不解的問著阿桃。

「是啊！阿桃，是不是去威良家碰到什麼事？我看妳回來後，就一直魂不守舍的樣子。」阿嬤也擔心的問道。

阿桃就把威良媽媽說的話，跟阿嬤和明治說了一遍。

「大姐，妳決定就好，但是我不要妳為了我們，犧牲掉自己的幸福，假如妳和威良大哥相處得很好，妳就要為自己的幸福著想，而不是一直顧慮著我們。」明治貼心的說道。

「但是大姐這幾年這麼拚命，也是為了你和玫玫，要讓你們出國讀書，這下子照鄭媽媽的話說起來，好像我就不能做這件事，我覺得也很沒有道理。」阿桃不解的說道。

「我贊成明治說的，本省人真的就是這樣想的，妳如果要嫁去人家家，本來就要遵守人家家的規矩，這也是阿嬤以前一直想說，要幫妳留一份嫁妝的原因，怕妳嫁過去沒有好日子。」

「阿嬤，照妳這麼說，人家喜歡的就是我的錢，也不是我的人，那我何必嫁過去呢？」

「可是，阿桃啊！妳從小到大只有帶過威良一個人回家讓我們看過，可見他在妳心中的份量，阿嬤不希望妳為了弟弟妹妹，就放棄掉自己的幸福。」

「那時候阿魄叔在醫院要走的時候，我也答應他，要好好照顧弟弟妹妹、栽培他們出國讀書，做人總要守信用吧！」

阿嬤堅定的說著：「妳早就做到了，這一家子都是妳在扛，妳可以不要這麼累了，孩子！」

「大姐，我和玫玫可以去打工，或是更認真讀書，想辦法拿到全額獎學金。」明治一直這麼說著。

「我和玫玫都是成年人了，我們應該自己為自己負責任，而不是成為大姐的負擔。」明治還是這樣強調著。

阿嬤聽到也一直這樣點著頭。

其實聽到明治這番說法，阿桃就在心裡做了決定了。

她想找個機會跟威良說。

20

阿桃嬤的願望

第二天，阿桃在MSN上就跟威良說了她的決定。

「妳決定留在洪家？」威良不可置信的說道。

「嗯嗯。」阿桃打了這幾個字。

「我真的不明白，妳明明姓周，可是卻要一肩挑起洪家的重擔。這是怎麼回事啊？」威良這麼說著。

「也是因為你的不明白，讓我看清楚我們兩個不適合在一起。」阿桃這樣寫著。

「為什麼？」威良問著。

「因為在我心裡，我早就把洪家當成自己的家在照顧了，這就是我重要的一部分，如果你無法明白，就等於是不瞭解我這個人，我們兩個真的也就不適合在一起。」阿桃說著。

就這樣，阿桃跟威良分手了。

阿嬤一直覺得很可惜，也很想再撮合這兩個人。

無奈，阿桃一直很不起勁。

「阿嬤，或許妳要認清，我就是這樣一個人，真的很不適合嫁進台灣人的家庭當媳婦啊！」阿桃跟阿嬤常常這麼說著。

阿嬤總是很不以為然的說：「胡說，妳來當我們洪家的女兒都可以當得這麼好了，為什麼當不好別人家的媳婦呢？」

「可能我跟阿嬤很有緣吧！」阿桃笑著說。

「從我還沒有來洪家，就跟阿嬤很投緣了。」阿桃繼續說道。

因為明治和玫玫要準備出國，阿桃很努力的賺錢、存錢。

阿桃每天早出晚歸的。

這一天，阿桃很晚回來的時候，看到阿嬤一個人拿著枴杖出門去了。

阿桃覺得很狐疑，也就沒有叫住阿嬤，只是跟著她後面一路尾隨。

結果阿嬤這一路上走著走著，竟然走到洪家的老家。

阿嬤在外面看了許久，還走進院子裡，把落葉都撿了撿。

然後又心滿意足的沿著原路走了回家。

洪家的舊宅，自從被查封後，幾次投標都流標，也就一直空在那裡。

阿嬤從來沒有讓阿桃知道她回來老家看的情形。

「阿嬤怕增加我的負擔吧！」阿桃心裡這樣揣測著。

「如果要買回洪家，要多少錢啊？」

於是阿桃去銀行打聽了一下，那個數目字讓阿桃著實嚇了一跳，因為比供應明治和玫玫出國讀書，兩個人加來都高。

「怎麼辦呢？老人家是比較習慣住在老家！」阿桃這樣想著。

阿桃私底下跟明治和玫玫討論過，兩個年輕人也很爭氣。

「大姐，如果照這個數字，我和玫玫都去考到公費留學，花不到妳的錢，就可以幫阿嬤把洪家老家給買回來了吧！」明治敲著電子計算機說著。

「是啊！可是考上公費留學，不是一定要回國來服務，會不會綁手綁腳的呢？」阿桃問著。

「反正我們兩個本來就要回台灣來的啊！」明治和玫玫異口同聲說道。

「那就讓我們一起努力吧！」阿桃、明治、玫玫三個人一起手搭著手，喊著加油、加油。

明治和玫玫陸續考上公費留學。

「是啊！是應該這樣，減輕你們大姐的負擔才是。」阿嬤聽到這個好消息後，連連稱讚下面兩個小的很懂事。

因為明治要去當兵，所以當明治當兵兩年回來的時候，他正好和玫玫一起出國留學。

「要不要去老家走走？」就在明治和玫玫要出國的時候，有一天，明治跟阿嬤提議著。

阿嬤雖然常常回老家去看看，但是從來以為自己行蹤保密，沒有讓其他人發現到。

「好啊！」阿嬤滿心歡喜的答應著。

一家人拎著一袋袋吃的，往老家走去。

在老家的院子裡，阿嬤好開心喔，三個孫兒都圍繞著她，好像又回到以前的光景，那個富裕的年代。

阿嬤不禁嘆了一口氣說：「假如這棟房子還是我們的，那該有多好呢？」

一說完後，阿嬤馬上覺得自己說了件錯事，趕緊摀上嘴巴說：「說錯了啦！現在一家人住在一起就很好了！」

阿桃笑著說：「阿嬤，沒關係，喜歡這棟房子就把它買回來就是了啊！」

阿嬤馬上苦笑著臉。

阿桃這時候拿出鑰匙。

「這是什麼回事啊？」阿嬤驚訝的問道。

「阿嬤，大姐把這棟老家給買回來了！」明治和玫玫笑著說。

「什麼時候的事啊？」阿嬤問著。

「上個禮拜才交屋的。」阿桃點點頭說。

「阿嬤，是大姐先發現妳都會回老家來看看，知道這是阿嬤的願望，想把這棟老家給買回來。」明治說著。

「我們兩個都有幫忙喔！我們努力讀書，考上公費留學，把大姐原本答應要讓我們出國讀書的錢給省下，大姐又貸款，就一舉買回了這個老家送給阿嬤。」玫玫說起來可得意著呢！

「阿嬤要不要進去看一下！」阿桃指著阿嬤手上的鑰匙。

「嗯嗯……」阿嬤緩慢的移向屋內，顫抖的雙手差一點打不開門。

還是明治幫阿嬤護著手，一起將門打開了。

屋內的擺設都沒有變過。

「找人打掃了，也把一些家具重新買了回來。」阿桃解釋給阿嬤聽。

「妳這幾天就在忙這件事情喔？我看妳一直進進出出的，但是完全沒有想到是買回來這棟老房子。」阿嬤感動得邊說邊哭。

「阿嬤妳看……」明治大聲的嚷著。

「我的搖椅回來了。」阿嬤看著明治指的方向，她往自己的「寶座」前進。

一坐上搖椅，阿桃和弟弟妹妹馬上響起歡天喜地的掌聲、歡呼聲。

「請登上衛冕者寶座。」大夥兒開心的說道。

阿嬤坐上搖椅，閉目養神，兩個眼角都流出了眼淚。

「阿嬤，這是妳的願望喔！把這棟老房子給買回來。」阿桃問著阿嬤。

阿嬤含著淚點點頭。

阿嬤拿起手帕擦擦淚後，繼續說道。

「其實你們不明白，阿嬤最大的願望是看到你們三兄妹，能夠團結一起，這才是我最大的願望。」

「結果你們把我最大的願望和第二大的願望結合，一起完成了。」阿嬤心滿意足的說著。

21

重回老家

自從洪家的老家買回來後，明治和玫玫沒多久就出國深造去了。

雖然說是公費留學，但是阿桃擔心兩個弟弟、妹妹錢不夠花，每個月還是會把錢匯過去。

就在明治和玫玫深造完成要回台灣的前夕，阿嬤突然有點感冒。

阿嬤其實身體還算硬朗，也不知道為什麼，這次的感冒讓她有點氣喘吁吁的。

「老了！老了！」阿嬤淡淡的說道。

阿嬤依舊坐在她的搖椅，她的寶座上、看著窗外。

「今天的太陽好好喔！」阿嬤露出欣羡的眼神。

「阿嬤，要不要出去曬曬太陽呢？」阿桃問著阿嬤。

阿嬤點了點頭。

阿桃先把阿嬤安置在沙發上，然後把搖椅搬到太陽微微曬得到的院子。然後再把阿嬤扶到搖椅上去。

「啊！好舒服啊！可以曬太陽，真的好舒服啊！」阿嬤滿足的閉上眼睛。

「阿嬤，妳如果喜歡的話，我每天都陪妳來曬太陽。」阿桃這樣跟阿嬤說道。

「謝謝妳，阿桃，有了妳，阿嬤好幸福喔！」阿嬤跟阿桃這麼說道，雖然她沒有睜開眼睛，但是是用很享受的聲音說著，阿桃也可以感受到阿嬤的幸福。

「妳現在怎麼很少進酸梅湯店呢？」阿嬤問起阿桃。

「因為公司漸漸上軌道了，我也請了不少人，把他們訓練好之後，我就比較輕鬆，可以有多一點的時間陪阿嬤了。」阿桃笑著說。

阿嬤點了點頭。

「阿嬤，有個朋友推薦有個眼科大夫很好，說開白內障開得很好，妳要不要去用雷射把白內障切除，這樣看東西比較清楚，我帶妳到處走走、看看，好不好？」阿桃問著阿嬤。

「我已經很幸福了，可以回來這棟洪家老家，是我這輩子後來想都不敢想的事情。」阿嬤閉著眼睛悠悠的說。

「幸福，還可以更幸福啊！」阿桃笑著說。

「我沒多少日子了，要把握在洪家老家待著的時間，要把握和阿桃在一起的時間。」阿嬤說著。

「想到阿桃當年來我們家的時候，才八歲，好像昨天一樣啊！」阿嬤回想著說。

阿桃哽咽的說：「還好阿嬤對我很好，才讓我不會乖戾，去做一些讓我自己以後都會後悔的事情。」

阿嬤也說著：「跟阿桃在一起，是阿嬤這一輩子最幸福的事情，謝謝妳啊！阿桃。」

「不客氣啊！阿嬤，怎麼會跟我這麼客氣。」阿桃跟阿嬤說著話。

結果阿嬤就沒有作聲了。

「阿嬤睡著了啊！那不吵她好了。」阿桃幫阿嬤蓋了一床薄棉被，看著她幸福的睡著。

阿嬤真的睡著了。

而且是長睡不起。

阿嬤在睡夢中安祥的走了。

在阿桃的陪伴下，在溫暖的陽光裡，回到她本來來的地方。

◆

明治和玫玫剛好回國就趕上了阿嬤的喪禮。

由於阿嬤是壽終正寢，所以大家幾乎是把這場喪禮當成喜事在辦。

「阿桃嬤真的是很有福氣，睡著就走掉了，我也希望我死的時候是像這樣才好。」太多的親戚朋友這麼說著。

明治回來台灣之後，就找到大學的一個教職。

明治和玫玫都跟在國外留學期間交往的男女朋友成家，有了自己的家庭，整個洪家大宅就只有阿桃一個人住著。

阿桃本來就還滿喜歡自己一個人看看書、畫畫。

所以倒也享受這樣悠閒的日子。

她從長大以來，從來沒有悠閒的過日子過，總是在為錢打拚。

好在兩個弟弟妹妹都長大了，「阿桃嬤的酸梅湯」生意也蒸蒸日上。

就在這個時候，竟然吸引了一些覬覦她財產的親戚，動腦筋想要從她這裡挖上一點。

這些親戚都是洪家的親戚。

他們打著名目，說阿桃是姓周、不是姓洪，憑什麼住在洪家的大宅呢？

「那是大姐憑著自己的努力，一杯杯酸梅湯賣出來的，後來是大姐用自己賺的錢買的房子，本來就應該是屬於大姐的啊！」明治和玫玫當初都很清楚這個狀況，所以齊聲為大姐說話。

可是他們也都有了自己的家庭。

這些洪家的親戚很聰明，懂得從他們的枕邊人下手。

他們下過一番功夫，跟明治的太太和玫玫的先生搭上關係，一直跟他們灌輸著，阿桃其實私底下偷拿了洪家的錢，都沒有讓明治和玫玫知道。

「難怪她的生意做得這麼好。」這兩個家庭的新成員聽到這些，簡直是怒不可抑。

而且這些親戚還找了人，偽造了文書，做出阿嬤的假遺囑。

阿桃根本連解釋都懶得解釋。

「阿嬤根本從阿魄叔生意失敗的時候，就什麼都沒有了，哪來的遺囑？阿嬤會

有什麼財產好分呢？

阿桃根本把這件事當成笑話在看。

但是洪家的親戚並不罷休，紛紛透過有力的長輩，要他們跟明治和玫玫說去。

明治和玫玫本來覺得煩不勝煩。

尤其明治還有大學的教職要忙。

不過這件事後來有了些許變化。

玫玫的先生做生意做得並不好，就開始打阿桃財產的主意。

枕邊人總是比姊姊來得親近。

尤其玫玫嫁到婆家之後……

「女人結婚了是會變的！」很多人都這麼說。

在玫玫的身上也是。

可能在婆家，她有新的戰場、有需要表現的地方，而她環顧四周，唯一能替她得到資源的地方，可能就是阿桃這一塊。

玫玫被搖動了。

而她又知道怎麼去搖動自己的親哥哥。

終於有一天，明治就跑去跟阿桃「算帳」起來。

明治一開口，就對阿桃叫囂著：「大姐，你為什麼要這麼對我和玫玫，為什麼要把該分給我們的洪家財產給私吞了呢？」

22

挑撥離間

「明治，你一向跟大姐的感情最好的，你相信這些話嗎？」阿桃難過的跟明治說道。

「大姐，第一次有人來跟我說的時候，我是不相信的，但是第二次、第三次、第四次，甚至是第十次有人來跟我說，妳覺得我會怎麼想呢？我只會覺得無風不起浪啊！」明治跟阿桃這樣說著。

「別人都可以不相信我，但是明治你不相信我，這真的會讓我很心痛，我最親的弟弟都不相信我，啊……」阿桃愈說愈難過。

「大姐，我真的也很想相信妳，但是家裡的財產的確是不清不楚的，妳這樣要我怎麼相信妳呢？」

「明治，當初阿魄叔和嬸嬸生意失敗，真的是全部都沒了！沒錯，阿嬤本來是想幫我留一點嫁妝的……」

「妳也承認阿嬤有幫妳準備嫁妝囉！」明治挑著眉毛、冷冷的說道。

看到明治的眼神、臉色，阿桃幾乎不想繼續說下去了。

明治的臉簡直是換了一張。

他充滿了猜忌、憤怒，與不屑。

「阿嬤之前是有幫我準備嫁妝，但是在最後要救阿魄叔和嬸嬸的事業時，全部都賠上去了！」阿桃解釋著。

「可能嗎？」明治冷笑著說。

「是真的，我說的全是實話！」阿桃悲從中來的說道。

「如果沒有阿嬤的財產幫忙，妳這個酸梅湯店有辦法做得這麼好嗎？」明治說出他的懷疑。

「你知道我有多麼辛苦嗎？」阿桃反問著明治。

「以前從來沒有聽妳說過辛苦，要算財產的時候，現在妳才在說。」

「那是因為我不想讓你和玫玫擔心，想讓你們好好的讀書，我所有的苦都往肚子裡頭吞下去，妳以為我不辛苦嗎？」阿桃說到這裡，她真的覺得心臟那個位置都痛了起來。

「如果做生意是這麼簡單，那麼小妹玫玫和妹夫為什麼會做不好呢？妳一個國中畢業生都做得這麼有聲有色，他們學歷那麼高，怎麼會做不好呢？」明治不解的問道。

「唉！原來我辛苦的賺錢，供你出國留學，結果換來的是你嫌棄我只有國中畢業啊！」阿桃苦笑著說。

「大姐，我不是在說妳對我不好，而是在跟妳討論事情，任何事情都有邏輯可言，今天我們的確是照常理，可以正當的懷疑妳其實拿了阿嬤的錢，才把生意做得這麼好的啊！」明治理直氣壯的說道。

「你如果不相信我，我說再多也沒有用，那我又何必再說呢？」阿桃垂頭喪氣的坐了下來。

「大姐，我們還是會想辦法查清楚，或者找律師來談清楚，這樣真的對大家都比較好！」明治說完就逕自的走了出門。

阿桃這輩子經歷過父母自殺的悲劇。

但是即使是那個時候，阿桃都沒有感到像現在這樣的悲哀。

阿桃的那種心痛，是很難跟人說明的。

「就是一股冤啊！」阿桃心裡這樣想著。

她犧牲了自己的幸福，為了弟弟、妹妹著想。

「我有少做嗎？」

「我不要他們的感謝！」

「但是他們這樣冤枉我，我受不了啊！」

阿桃氣得咳嗽起來。

她到茶水間倒了一杯開水，結果喝了沒幾口又給嗆到了。

「連白開水都欺負我！」阿桃心裡這樣想著。

突然間，阿嬤的話在阿桃的耳邊響起。

「孩子啊！與其花時間去自憐，倒不如去做點讓自己開心的事情！」阿嬤這句話在阿逃的耳邊一次又一次的重複著。

「去河邊吧！好久沒有去那裡了！那是阿嬤跟我最親近的地方。」阿桃這樣想著。

在這個河邊，阿桃突然覺得人生很奇妙。

其實自從爸爸媽媽自殺後，只要到這種海邊、游泳池，阿桃都是有點怕怕的。

可能是由於當初從投海的車子裡頭逃出來的經驗，讓阿桃非常的害怕。

但是在這個河邊，阿桃卻覺得無限的安心。

「可見愛的力量是比恐懼大的！」阿桃這樣想著。

阿嬤的愛，讓阿桃可以克服許多的恐懼。

阿桃在這個河邊學阿嬤喊了起來。

「老天爺一定會給我最好的啊！」

「老天爺不會留下任何好處不給我！」

阿桃想到阿嬤還會對她所面對的不如意的環境讚美老天爺。

「老天爺，我讚美你，我為我弟弟冤枉我讚美你！」

但是後面這些讚美實在是很違背阿桃的感覺。

阿桃邊讚美邊哭。

她還是繼續的讚美著：「老天爺啊！我讚美你！我為我的弟弟這樣對待我讚美你！」

「我為我的弟弟妹妹這麼不體諒我讚美你！」

但是只要這些讚美說出口後，阿桃的心就好像又揪了一次。

但是，阿桃還是繼續違背著自己的感覺，用力的讚美著。

「我為我辛辛苦苦供弟弟、妹妹讀書讚美你，老天爺！」

「我為我的親戚在挑撥離間讚美你！」

「我為我的弟弟、妹妹這麼不信任我讚美你！」

「我為我活得這麼辛苦讚美你！」

最後，阿桃讚美、讚美著，她竟然脫口而出：「老天爺，我嫉妒我的弟弟妹妹，他們都可以活得這麼輕鬆。」

這句話一說出口時，連阿桃自己都嚇了一跳。

她下意識說出來的這句話，才是她最深的想法。

「原來，在我內心深處，我是嫉妒我的弟弟妹妹的啊！我嫉妒他們什麼事都有人幫他們整理的好好的！」

「我嫉妒都有人為他們著想！」

阿桃想到這裡，都覺得不可思議。

原來在她內心深處的某個部分，她是非常嫉妒弟弟、妹妹。

而這些她之前都沒有發現過。

現在這個部分露出臉來時，著實讓阿桃嚇了一大跳。

23

重新檢視自己

阿桃帶著「餘悸猶存」的心回到了家。

「是啊！我是有這個部分啊！我跟嬸嬸又有什麼不一樣呢？」發現自己這一塊的阿桃，突然有種很羞愧的感覺。

阿桃有種很深的批判自己、不能接受自己。

「這樣會不會太過了啊？」阿桃心裡這樣想著。

再仔細想想，阿桃覺得自己已經盡力做到最好了。

「即使有部分嫉妒弟弟、妹妹，也是人之常情，不能去否定人性，這也是阿嬤說的啊！」阿桃跟自己打氣說道。

「這下子，我終於能夠體會嬸嬸那麼怕我分到財產的心情了！我也很怕弟弟妹妹分走了阿嬤對我的愛！」

阿桃發現自己會覺得「阿桃嬤的酸梅湯」是她跟阿嬤共有的。

「弟弟妹妹又不喜歡喝酸梅湯，只有我喜歡喝，他們憑甚麼跟我搶這個酸梅湯？」阿桃發現自己的內心深處有這樣的想法。

「弟弟妹妹也沒有錯，阿嬤也是弟弟妹妹的阿嬤，他們本來就是有權利知道阿

嬤的酸梅湯是怎麼做的啊！」阿桃這樣跟自己說道。

「但是……」阿桃還是有點心有未甘。

阿桃多少也有點覺得：「阿桃嬤的酸梅湯裡面也不是完完全全是阿嬤的配方，那裡面也有我的心血啊！」

「真的要全部都交出去給弟弟妹妹嗎？」阿桃猶豫著。

阿桃不斷的想著過往，找尋蛛絲馬跡，讓自己能夠做出決定。

本來她都想著嬸嬸是如何的防著她。

但是阿桃發現她想的這些景況，說來說去也只有那幾樣，真的也都不多。

但是數算著阿嬤對自己的好……

那裡面就滿滿的都是甜蜜的回憶了。

甚至認真的想想，阿嬤對她的重要性，遠遠大於自己親生的爸爸媽媽。

她所有最重要的價值觀，幾乎都是阿嬤給的。

所有的待人處事、面對客人的態度，她第一時間想到的，幾乎都是阿媽慈祥的教導與話語。

「是啊！我批評弟弟妹妹不感恩，我也沒有好好數算過阿嬤給我的寶貝啊！」

阿桃這才發現，除了當初阿嬤要留給她的「嫁妝」沒拿到外，這一路上，阿嬤可是傾心傾力的給了她無數的寶藏。

「這些都遠遠大於錢啊！」阿桃感恩的想著。

於是她馬上拿起電話打給弟弟妹妹。

阿桃決定把所有「阿桃嬤的酸梅湯」的配方都給弟弟妹妹。

還找了他們到店裡，一步步的教他們怎麼做，讓他們嚐嚐做出來的味道是一模一樣的才罷休。

「老闆，這樣不是整碗都給別人了嗎？」有員工這樣問阿桃。

「我們的生意會不會變差啊？」員工們普遍有這樣的想法。

「配方給了也就算了，最扯的是連原物料商都介紹過去，這等於就是開分店又不收權力金啊！」有員工這樣說道。

阿桃聽到也只是淡淡的笑了一笑。

她在做下這些決定時，早就自己跟自己開過會了！

開過會不打緊，她是自己跟自己打過仗了！

現在的她，的確是全人全心的想要幫助弟弟妹妹。

結果弟弟妹妹和一些親戚朋友，決定開的第一家酸梅湯店，就是開在阿桃他們店裡那條巷子的巷口。

阿桃最早在菜市場擺小攤子，後來開成店面，剛開始經營，成本都不是很夠，所以她的店面就在菜市場那條巷子的裡面。

這當中也有過機會，可以把店面移到巷子口，照理說生意應該會比較好。

「算了啦！老客人或是慕名而來的客人，都知道我們在巷子裡面，也就沒有什麼差了啦！」

結果弟弟妹妹的店，就是開在那個菜市場口。

「簡直就是衝著我們來，搶我們的生意的啊！」員工們紛紛說道。

而且他們的店名還取為「洪阿嬤酸梅湯」。

這天，有個員工從外面回來，一臉氣呼呼的樣子。

「妳為什麼臉色這麼難看啊？」員工們紛紛問她。

「妳知道菜市場的人怎麼說嗎？」員工愈說愈不能心平氣和的樣子。

「洪阿嬤酸梅湯的人在外面放話，說我們阿桃嬤酸梅湯的老闆是姓周，也不是姓洪，他們洪家的子孫開的酸梅湯，才是正宗的洪阿嬤酸梅湯，阿桃嬤酸梅湯都是騙人的！」

「這種話真毒啊！」

「沒良心！」

「也不光明正大的競爭，放這種小話。」

員工們你一言我一句的說道。

「老闆，妳都不說句話嗎？妳不會生氣嗎？」員工氣得連阿桃不生氣，他們看了都生氣的樣子。

「我有什麼好生氣的？」阿桃笑笑的說。

「他們這樣侮辱我們店！」剛回來的員工說道。

「客人喝酸梅湯，也不會去查酸梅湯的身世，我們有什麼氣好生的呢？」阿桃淡淡的說著。

「只要酸梅湯做出來好喝，客人就會開心，他們才不管我們到底姓周還是姓洪，這些根本一點意義也沒有啊！」阿桃繼續解釋著。

「可是妳把全部的配方都給他們了，我們還有什麼好拼的呢？」員工有點生氣的說。

「我們還可以拼乾淨、我們還可以拼服務，我們還可以拼原料的貨真價實啊！這些都有得拼的啊！」阿桃指著這個員工的太陽穴耳提面命的說道。

「是啊！是啊！這是真的，我也有聽說，洪阿嬤酸梅湯的人嫌我們介紹的原物料商太貴了，他們要自己找其他的原物料商。」

「真的，我們在這行那麼久了，都知道這個原物料商的東西最好，只是稍微貴了一點，只是我們自己把這個成本吸收了進來而已。」

「還有，雖然配方一樣，煮法一樣，但是煮的人不一樣，我們要對自己有信心，我們做這麼久了，當然知道怎麼煮比較好喝啊！」

這下子換員工們互相打氣、鼓勵。

「這才對啊！才不枉費我這麼用心的教你們，人家都不怕跟我們對打，你們在怕什麼呢？」阿桃笑說。

「而且我們的老闆叫做阿桃，跟阿桃嬤的阿桃是一模一樣的，我們才是最正宗的阿嬤酸梅湯呢！」有個比較搞笑的員工這麼說。

大家聽了都哈哈大笑、打著她的頭說：「真是給你有夠阿嬤的啊！」

24

正式開打

「洪阿嬤酸梅湯」和「阿桃嬤酸梅湯」的戰爭就這麼開打起來。

剛開始「洪阿嬤酸梅湯」採用低價策略，用「阿桃嬤酸梅湯」定價的一半迎戰。

「這樣怎麼做啊？」

「成本攤得平嗎？」

「我不相信這樣做得出來好喝的酸梅湯耶！」

阿桃的員工七嘴八舌的這樣說道。

還有員工託親戚去買了一杯來喝。

「哈哈哈……」喝完這杯酸梅湯後，這個員工就大笑了起來。

「你笑得這麼大聲幹什麼啊？」

「我是笑說，我們不必怕了！他們做得並不好喝啊！」這個員工解釋道。

「有多難喝啊？」另外的員工紛紛把那杯拿起來嚐了一口。

「比較澀，怎麼會這麼澀啊？」有員工皺著眉頭說道。

「可能他們照老闆的配方去做，不過我們的配方都是用好的材料，他們跟著做，火侯並沒有調整，很容易把澀味都煮出來！」負責煮酸梅湯的員工喝了一口，她做出這樣的判斷。

「火侯有差這麼多喔！妳是要告訴我們，妳很了不起就是了喔！」員工們開始有心思拌嘴了。

「當然有差囉！像是珍珠奶茶的珍珠，不同的人煮出來就是不一樣，還是有差的啦！」

實際喝到對方做出來的酸梅湯，阿桃的員工們都安心了許多。

剛開始對方用低價策略，而且又在巷子口，所以聚集了大批的人潮。

「安啦！再過一陣子，人就回來我們這裡了！他們有比較過，就知道哪裡的酸梅湯好喝了啦！」有員工這麼說道。

「會不會有人還是貪小便宜啊！」有員工這麼問道。

「其實台灣人吃東西的錢比較不會省，而且這真的差不了多少，大家一定還是會挑好喝的買來喝啦！」大部分的員工是這麼認為。

其實員工們在討論這些事情，阿桃都不太在意了。

她心裡覺得反正不管是「阿桃嬤的酸梅湯」和「洪阿嬤的酸梅湯」，都是自家人在做生意，誰賺真的沒有差。

結果不到一個禮拜，人潮果然從「洪阿嬤酸梅湯」那裡，轉回「阿桃嬤酸梅湯」這裡來了。

客人們來買東西時，還跟店員們說道：「還是你們家的好喝，這裡才是正宗的阿嬤牌酸梅湯！」

「還是你們比較阿嬤！」

店員們也得意的說道：「說我們是正宗阿嬤牌的，這樣到底是要高興還是難過呢？」

「對啊！我們都還這麼年輕啊！」

他們說得洋洋得意的樣子，讓阿桃看了都覺得好笑。

阿桃反而擔心起弟弟妹妹的店生意不好，該怎麼辦呢？

尤其每次從菜市場走回家時，一定會經過「洪阿嬤酸梅湯」。

有幾次，阿桃遠遠的看到弟弟，結果他眉頭深鎖的進了「洪阿嬤酸梅湯」的店

裡，根本沒有看見阿桃。

「他一定是很煩心！」阿桃這樣想著。

過沒多久，「洪阿嬤酸梅湯」就傳出內部員工捲款潛逃的事情。

這件事也是從外面傳回來的。

「很嚴重嗎？」阿桃急忙問道。

「好像是洪家那邊長輩的人捲款潛逃的樣子。現在他們好像連貨款都積欠著。」員工這樣回答道。

「好像還有廠商跑到大學裡頭，去跟妳那個教授弟弟要錢！」

聽到員工這麼說，阿桃馬上衝出去，要到「洪阿嬤酸梅湯」那裡。

「明治！」一進到那邊的店裡，就看見弟弟明治被許多人圍著。

「大姐！」明治尷尬的叫了阿桃。

「老闆娘啊！妳來得正好，我們正在跟妳弟弟說要貨款，他欠我們貨款都付不出來，妳來評評理！」廠商們紛紛說道。

「不是我不付，而是我們店裡的錢被捲走了，我現在正在忙著調錢！」明治面有難色的說道。

「怎麼沒找我呢？」阿桃責怪的問著明治。

「唉！我哪有臉找大姐啊！」明治一臉羞愧的模樣。

「是啊！老闆娘，他是妳弟弟，妳當然要幫忙吧！」廠商們聽到阿桃這麼說，紛紛把矛頭轉向阿桃。

「好，我現在就開現金票給你們，日期就是今天，馬上讓你們拿到錢，請不要為難我弟弟了！」阿桃掏出支票簿來。

「老闆娘的票子最鐵了，以後要跟我們做生意才行喔！」

「老闆娘真是豪爽，對啊！做生意就是要這樣才對！」廠商們見錢眼開，也對阿桃說起好話。

拿到支票的廠商，走了出去，還有人用支票打了打明治說：「你真是好命，有個好姊姊喔！」

等到阿桃的票子都開完後，廠商們一個都沒留的跑去領錢。

明治低頭羞愧的說道：「大姐，不好意思，是我拖累妳了，還讓妳幫我收這個爛攤子。」

「三八啊！大姐在你小時候就專門替你擦屁股了！」阿桃拍拍明治的肩膀，跟他說這都是小事。

「我現在才發現，誰是真心對我好，誰又是想要騙我的錢。」明治搖著頭不斷的說道。

「我和玫玫都發現我們被人利用了啊！大姐，對不起！」明治跟阿桃鞠躬賠著不是。

「傷了我們家人的和氣，還讓外人看笑話了。」明治苦笑著說。

「別這樣啦！都是自家人啊！」阿桃搖搖頭說。

「大姐……」明治抱住了阿桃，姐弟兩個人都哭了起來。

「說開了就好、說開了就好。」阿桃拍著弟弟、不斷的說道。

「你現在打算怎麼辦呢？」阿桃細聲的問著明治。

「我想把店收起來，我真的不適合做這個，還是當我的教授比較好。」

「我也想過了，想說給你和玫玫乾股，來當我們那家店的股東好了。不用做事，可以分紅啦！」阿桃這麼說道。

「不行！這次我才發現，開個店有多麼的難，阿桃嬷的酸梅湯真的是大姐的心血，我和玫玫不能白白分乾股，沒有這個道理的啊！」

「都是自家人啊！」阿桃一直這麼說著。

但是最後明治和玫玫真的都堅決拒絕阿桃的建議。

「洪阿嬷的酸梅湯」也在菜市場口草草收攤、關門了。

25

昔日的海邊

這一天，阿桃一個人來到當初爸爸媽媽跳海的海邊。

她照著當天的路線走了一次。

先到那家海鮮店飽餐一頓。那家海鮮店的老闆都已經把店面傳給兒子了。

她點了那天點過的所有菜色。

「老闆娘，妳只有一個人，吃得完嗎？」連海鮮店的老闆都這麼問阿桃。

「沒關係，我只是在想一些過去的事，吃不完我會打包的，你不用擔心！」阿桃笑著說道。

很奇怪，當初跟爸爸媽媽來這裡吃飯，已經是四十年前的事情了，但是那天的所有片段，阿桃都記得一清二楚的。

所有那天吃過的菜色，以及爸爸媽媽說的每一句話，阿桃都印象深刻。

阿桃挑了一個當年吃飯的位置，坐在當年自己坐的地方的正對面。

過了四十多年，阿桃卻覺得當天的情景好像昨天一樣。

她彷彿看到當年的自己，跟爸爸媽媽有說有笑的畫面。

「只是當年的我，不知道這是爸爸媽媽最後的晚餐啊！」阿桃想到這裡，人都

有點鼻酸。

隔壁桌來了一個女客人，她也點了許多超過她一個人能吃的飯菜份量。

阿桃看了許久。

她決定走過去。

阿桃開口就跟那位小姐說道：「小姐，要珍惜生命啊！不要想不開！」

「妳怎麼知道的？」那位小姐眼睛睜得超級大。

「妳為什麼知道我不想活了？」她追問著阿桃。

「是老天爺告訴我的，老天爺要我告訴妳，好好的活著，他有幫你準備上好的給妳，千萬要好好的活著！」阿桃笑著跟那位小姐說。

「簡直是太神了！」那位小姐不可置信的樣子，讓阿桃好生得意。

「是啊！老天爺都知道的，他一直有在看顧著妳、默默的愛妳，只是妳太鑽在妳的煩惱中，沒有注意到他。」

「真的嗎？」那位小姐看起來感動萬分。

「當然是真的囉！要不然我怎麼知道來跟妳說這些呢？如果不是老天爺告訴我

的，我怎麼會知道妳不想活了呢？」

「是啊！是啊！」那位小姐趴在桌子上哭了起來。

阿桃拍拍她的背，讓她一個人好好的哭泣，又回到自己的餐桌上來。

小姐哭了一會兒，就站了起來，把所有的點菜都打包，離開了餐廳。

離開前，她還不斷的跟阿桃點頭示意、感謝。

「老闆娘，妳怎麼知道那位小姐要尋短啊？」餐廳老闆問道。

「她太像當年……我爸爸媽媽的樣子了！」阿桃悠悠的說道。

「你爸爸媽媽……」餐廳老闆囁嚅的說。

「是啊！四十幾年前，我爸爸媽媽就在旁邊的海邊自殺了。」

「啊！不好意思！說到妳的傷心事了！」餐廳老闆滿臉不好意思。

「沒關係，都過去了，我已經走出來了！」阿桃這樣說道。

「這樣的人有什麼特徵嗎？妳跟我說，我也好幫忙多留意，妳看，妳這樣就救了一條人命，功德很大呢！」

「我也很難形容，可能因為我看過我爸爸媽媽當年的樣子，他們的眉宇之間，

就是有種很深的悲哀、卻又豁了出去的神情，而且點餐都點得特別豪爽，超出他們能吃的份量，好像最後一餐都要好好的對自己好一點一樣！」阿桃這樣形容著。

「就像妳今天點的這樣嗎？」老闆問著。

「哈哈哈，是啊！但是我沒有想尋死，我只是想重新走一次爸爸媽媽當年走過的路懷念一下而已。」

「我知道、我知道，老闆娘整個人看起來就是很幸福的樣子，一定家庭非常圓滿，事業也很好才是。」餐廳老闆笑道。

「是啊！爸爸媽媽，還有小阿桃，我現在很幸福啊！」現在的阿桃，彷彿看到當年的那一家子，她在心裡跟他們說道，自己現在過得非常好。

阿桃特別對那個小阿桃說：「謝謝妳的努力，因為妳這一路上的努力，才讓我現在可以這麼幸福，真是辛苦妳了！」

那個小阿桃好像也接受到阿桃的感謝。

阿桃整個人有一股新的力量回來一樣。

走出餐廳的時候，老闆也對阿桃感謝了許久，謝謝她救了店裡的一個客人，讓他們與有榮焉。

阿桃一個人往爸爸媽媽墜海的堤防走去。

想到那時候爸爸加速油門的聲音，阿桃的心裡還是為之一驚。

站在堤防邊，看著那一大片海水。

她感覺到當年車子飛出堤防邊的片刻。

雖然已經四十多年了，阿桃還是嚎啕大哭了起來。

她似乎在這裡，感受到當年爸爸媽媽的無奈與悲憤。

而當時那個重要的片刻……

就是阿桃握住阿嬷送的項鍊時。這條項鍊，現在還掛在阿桃的頸項上。

「爸爸……媽媽……」阿桃握著項鍊，一個人在海邊自言自語。

「我想跟你們說喔！」

雖然哭到哽咽，阿桃還是用盡所有的力氣，用最大聲的方式吼了出來：「活下來是對的！」

阿桃像是對著爸爸媽媽說道：「我可以愛人，也可以被人愛，或許經歷過失敗、背叛，但是我真的很喜歡去愛人，我知道了我可以愛人的極限。謝謝你們給了我這個生命，我也活出了你們的生命。」

海浪還是繼續拍打著岸邊。

跟四十年前一樣。

但是發生在阿桃身上的一切，讓許多人、許多事都變得不一樣了、更美麗了。

勵志學堂：09

阿嬤的酸梅湯

作　　著◇李文鵲
出 版 者◇培育文化事業有限公司
責任編輯◇王文馨
社　　址◇221 台北縣汐止市大同路三段一九四號九樓之一
TEL（○二）八六四七—三六六三
FAX（○二）八六四七—三六六○
總 經 銷◇永續圖書有限公司
劃撥帳號◇18669219
地　　址◇221 台北縣汐止市大同路三段一九四號九樓之一
TEL（○二）八六四七—三六六三
FAX（○二）八六四七—三六六○
E-mail yungjiuh@ms45.hinet.net
網址 www.foreverbooks.com.tw
法律顧問◇中天國際法事務所 涂成樞律師 周金成律師
出 版 日◇二○一○年九月

阿嬤的酸梅湯/ 李文鵲著. -- 初版. --
臺北縣汐止市；培育文化，民99.09
面：　　公分. --（勵志學堂：9）
ISBN 978-986-6439-36-0（平裝）

859.6　　99013245

培育文化讀者回函卡

謝謝您購買這本書。

為加強對讀者的服務，請您詳細填寫本卡，寄回培育文化，您即可收到出版訊息。

書　　名：**阿嬤的酸梅湯**

購買書店：__________市／縣____________書店

姓　　名：________________________

身分證字號：____________

電　　話：(私)__________(公)__________(傳真)__________

地　　址：□□□ ________________________________

E - mail ：________________________________

年　　齡：□ 20歲以下　□ 21歲～30歲　□ 31歲～40歲　□ 41歲～50歲　□ 51歲以上

性　　別：□ 男　□ 女　　婚姻：□ 已婚　□ 單身

生　　日：______年____月____日

職　　業：□①學生　□②大眾傳播　□③自由業　□④資訊業　□⑤金融業　□⑥銷售業　□⑦服務業　□⑧教　□⑨軍警　□⑩製造業　□⑪公　□⑫其他

教育程度：□①國中以下（含國中）　□②高中　□③大專　□④研究所以上

職 位 別：□①在學中　□②負責人　□③高階主管　□④中級主管　□⑤一般職員　□⑥專業人員

職 務 別：□①學生　□②管理　□③行銷　□④創意　□⑤人事、行政　□⑥財務、法務　□⑦生產　□⑧工程

您從何得知本書消息？

□①逛書店　□②報紙廣告　□③親友介紹
□④出版書訊　□⑤廣告信函　□⑥廣播節目
□⑦電視節目　□⑧銷售人員推薦
□⑨其他

您通常以何種方式購書？

□①逛書店　□②劃撥郵購　□③電話訂購　□④傳真訂購
□⑤團體訂購　□⑥信用卡　□⑦DM　□⑧其他

看完本書後，您喜歡本書的理由？

□內容符合期待　□文筆流暢　□具實用性　□插圖
□版面、字體安排適當　□內容充實
□其他

看完本書後，您不喜歡本書的理由？

□內容符合期待　□文筆欠佳　□內容平平
□版面、圖片、字體不適合閱讀　□觀念保守
□其他________________________________

您的建議

____

____

剪下後請寄回「221台北縣汐止市大同路3段194號9樓之1培育文化收」

請用膠帶黏貼

□□□-□□

請貼郵票

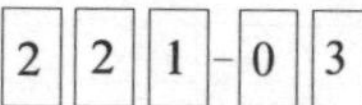

台北縣汐止市大同路三段 194 號 9 樓之 1

培育文化事業有限公司

編輯部　收

請沿此虛線對折貼郵票，以膠帶黏貼後寄回，謝謝！

為你開啟知識之殿堂